琼音韶华

杨琼 著

哈尔滨出版社
HARBIN PUBLISHING HOUSE

图书在版编目（CIP）数据

琼音韶华 / 杨琼著 . — 哈尔滨 ： 哈尔滨出版社，
2022.5
ISBN 978-7-5484-6481-5

Ⅰ．①琼… Ⅱ．①杨… Ⅲ．①散文集－中国－当代②
诗集－中国－当代 Ⅳ．① I217.2

中国版本图书馆 CIP 数据核字（2022）第 064682 号

书　　名：**琼 音 韶 华**
　　　　　QIONG YIN SHAO HUA

作　　者：杨 琼 著
责任编辑：韩伟锋
封面设计：树上微出版

出版发行：哈尔滨出版社（Harbin Publishing House）
社　　址：哈尔滨市香坊区泰山路 82-9 号　　邮编：150090
经　　销：全国新华书店
印　　刷：武汉市籍缘印刷厂
网　　址：www.hrbcbs.com
E-mail：hrbcbs@yeah.net
编辑版权热线：（0451）87900271　87900272
销售热线：（0451）87900202　87900203

开　　本：880mm×1230mm　1/32　印张：9　　字数：179 千字
版　　次：2022 年 5 月第 1 版
印　　次：2022 年 5 月第 1 次印刷
书　　号：ISBN 978-7-5484-6481-5
定　　价：68.00 元

凡购本社图书发现印装错误，请与本社印制部联系调换。
服务热线：（0451）87900279

　　《琼音韶华》里写金黄色的油菜花、老欧洲的城堡以及戴望舒和他的丁香女孩，其实是写一个江南女子如何"对着长天中的白云发呆"。在作品里，生于贵州的作者，已完全蜕变为一位典型的江南女子——温婉、灵性、美好。

　　其实无论男性女性，无论我们生于何处，江南才是中国文人普遍的故乡；无论庙堂乡野，也无论岁月如何流逝，与一江南女子在丁香花下相遇，永远都是人们最深沉的浪漫。

　　当然，作者常常流露出的感伤，实际上也来源于与理想格格不入的喧嚣尘世。但唯有尘世喧嚣，才见陋巷之乐之珍贵。"因过竹院逢僧话，偷得浮生半日闲。"诚愿一卷《琼音韶华》能让读者有机会做灵魂的小憩。

　　　　　　　　　　　——北京师范大学教授 檀传宝

　　和杨老师相识是在 2017 年底。我正在做微信公众号"淮阴语文"，初创阶段，稿件不多，高质量的稿件更少。一日，从邮箱中收到一篇来稿《那片生长在回忆里的油菜花》，干净的文字，纯净的情感，读完不禁击节。《那片生长在回忆里的油菜花》在"淮阴语文"推送后，好评如潮。之后，杨老师常赐稿平台，至今累计达数十篇，提升了平台的阅读量和知名度。本人虽心存感激，但可惜未曾谋面。今杨老师诗文结集出版，深感欣慰。

　　正如杨老师所说"离开故乡多年，我一如既往地追寻着诗意生命与诗意世界里的梦"，这部作品就是杨老师追寻诗意生命和梦想的历程回溯，阅读书中文字，回荡在我们耳边与脑际的是那岁月的美妙琼音。

——"淮阴语文"公众号创始人 岁寒善友

琼音
韶华

乡音、跫音、回音、和音——所有诗文，都是心音。

《琼音韶华》是一位从西南走到东北再走到江南的女人，一位生命穿越大山深处的土家族女子，一位灵魂有所依的作者的生命轨迹和心灵印迹，铺展文字带来的美妙时刻和阅读经典的感悟，叙写对故乡的深情与爱恋，抒发对生活的热爱与珍惜，以敏锐的观察力和细腻的表现手法，编织一幅绚丽多姿、浓墨重彩的心灵图景。

集中的文字，像作者家乡的水一样清澈透明，让人沉醉；又变幻莫测，引人沉思。

——资深媒体人、作家 艾英

杨琼的诗文属传统的抒情，她的诗文与现实生活是息息相关的，她写乡愁、亲情、爱情甚至公共意识情怀——都是有血有肉、情感丰沛的；好的作品总是抒写作者的切实感受和体验的。既是独特的，又是典型的，它反映作者对情绪、感情所做的艺术概括。杨琼的作品充分体现了她内心丰富的感受与想象，正是作者生活的丰富性造成诗歌意蕴的风采多姿。在杨琼抒情诗文的审美构成中，她个人的生命感情，处于主导地位，占有绝对的优势，这也是她的作品的本质特征。她的诗文集《琼音韶华》总体来说，有丰富的想象力，热情奔放，在关注现实生活中温和地构造起了浪漫主义的色彩！在正向审美中给人带来纵情歌唱的力量！

——知名诗人 邹晓慧

自序

从离开家乡远行求学一直到居住异乡二十多年，正如许多走在大地上的异乡者一样，一种文学的情结一直潜藏在内心，慢慢地升华成我走在尘嚣中心灵得以栖息的精神家园，我的灵魂也时常行走在那些零碎的文字里，慢慢地延伸到远方。是文学，给了我无限的期盼。

故乡与父亲，一直是我内心最真挚的依恋。幸福美丽的童年犹如那片金黄色的油菜花，交织浓烈的父爱，犹如一杯杯醇厚的酒，汇成我牵挂的"乡音"，回荡在《那片生长在回忆里的油菜花》《那年，我该陪您去看海》《我心归处是故乡》《回乡偶书》等篇目中。

我爱独处，也爱旅行，我愿意聆听自然与文化交织的声音，感受到一股神奇的力量和那种膜拜的冲动。系列欧游杂记，是我行走的足音。那梦幻的新天鹅堡里藏着的路德维西二世的故事，那沉浸在诗与哲学中的海德堡，那迷人的捷克小镇和浪漫的布拉格，无不让我着迷！我会站在阿尔卑斯山下，站在蓝色的多瑙河边，轻轻地朗诵：跫音不响，三月的春帷不揭！

在文学的世界里，我会尽情地畅游，用我的风格，虔诚地敲响诗歌的门，去问候戴望舒和他的"丁香姑娘"；去品《终身误》中的宝黛钗的无奈与悲哀；去欣赏《诗经》中那些唯美的爱情和劳动者心底开出的花……我如一名永远向往远处灯光的行者，用自己的真诚和执着，认真地聆听那些至真至诚的作品传来的回音！

生活中那些触及我内心的点滴，时常让我发现和思考，我会轻轻地拾取，当我牵着母亲那双苍老的手的时候，当我看到那飘落下来具有神性的雪花的时候，当我看到蓝色口罩衬出的那一双双眼睛的时候……我都会捧出我对生活的敬畏，用诗歌和散文奏出一曲曲"和音"，温婉而柔软地沁入《让我牵着你的手》《雪是充满神性的》《这个情人节的玫瑰》等篇目中，幻化宁静的世界。

我常常对着长天中的白云发呆，慨叹：如果生命如秋云，为何要让它空空地载不住雨水？如果灵魂在繁忙的尘世中有些许空白，那么来自那些空白深处的文字，为何不让它们变成跳动的精灵，自由地行走在有鸟语花香和脉脉流水的世界？

目 录

诗 歌 /211

乡 音

故乡是我心中最深的情结。那里有清澈的乌江，有金黄的油菜花，有曾经的厂房，还有小时候的年。所有的一切，犹如一股光，成为我行走在大地上的动力源泉……

那片生长在回忆里的油菜花

一

　　父亲病重时，我时常会想起家乡一个叫邵家桥的小镇。在那里，我有着快乐的童年，虽然童年的生活是简朴的，但身居异乡二十多年来，它却时常出现在我的梦中。那里有绿色的麦苗，还有高过头的油菜花，夏天的晚上还能听到蛙鸣。我们一家四口，常常是那些过往行人羡慕的对象。我端起饭碗在小院子里吃饭的时候，时常会看见不远处农耕的人一边撵着耕牛一边吆喝："啊起，啊起！"牛听话地吃力地往前滑，犁也往前行。

　　我就会大声地叫一声："伯伯！"

　　于是就会换回一顿表扬："杨家的乖女儿，又长高了！"

　　我童年时最大的游乐场，就是离居住地不远的我们叫作"新房子"的地方。每到晚饭后，厂里的孩子们就会聚集在那里，因为厂里用不完的就是石头和砖头。男孩子们玩"砸跪"（就是把一块砖头立起来，在不远处画一条线，人站线外用石头砸立起的砖头，谁砸倒砖头就可以任意罚其他人跪。）

玩伴中印象最深的，有王二毛、兵兵、安老六、温老六，等等。安老六比我们都大几岁，按辈分大家都叫他"六爷"，也是名副其实的"孩子王"。那时候厂房隔江有座山，名叫四角山，安老六时常给我们讲天宫的故事，于是我们都很神往天宫的富丽堂皇，常常睁大眼睛问他："六爷，怎么才能到天宫？"他便很严肃地指着云雾缭绕的四角山告诉我们："搬把梯子，爬到四角山最高峰，把梯子搭在云上面，踩着梯子就可以到天宫了！"于是我们都回家准备搬梯子爬四角山，当然，最后遭到的是大人们的一顿吼！但是对爬到山巅触云登梯的憧憬始终没有变……

后来父亲工作变动，全家搬到了县城，童年的伙伴们也没了联系。那个小镇，也逐渐被岁月笼上一层沧桑。

多年来，我异地求学、结婚、安家、生子。当我穿梭于南京、上海、北京诸多大城市，感受都市的霓虹与斑斓的时候，脑海中，始终抹不掉那个小镇上的麦苗和油菜花，尽管如今，那里已经是一片荒芜。我童年所认识的那些老人和熟人，多不在人世或者没了音信，但身居都市的时候，却总是渴望童年时候小镇上的花香和土味！

听母亲说，原来的厂房已经没有了，卖给了教育局，据说要修学校，但如今仍然是一片荒芜。据说那个傻子孙二毛一家还住在那里仅剩下的一幢房子里，那幢房子也成了他们的根和希望。

总之，据说，老厂房现在四周也没有了麦苗和油菜花，只是多了几座坟茔。妹妹说有空去看看，我说，不去，还是留住童年美好的记忆比较好些。突然脑海中闪出一个念头，要是人不长大该多好，可是人生总是草木春秋，草木皆能枯黄，何况人！

<h1 style="text-align:center">二</h1>

作家刘再复在他的《面壁沉思录》里说过：孟子留给中国人最宝贵的遗产就是教中国人如何面对苦难，面对幸福和面对压力。苦难中怎样保持高洁的品格，富贵安逸怎样做到身心不堕落，权势压力下怎样保持个人的骄傲和自尊。

在繁荣富裕的今天，没人去问那位傻子孙二毛是怎样守护那不变的信念的，如果去追述一个傻子的信念，无疑，追述的人本身就是疯子。可是为什么，守着那不变信念的，只剩下个傻子？

多年来我离开故土越走越远，远离家乡后又时常沉浸于乡愁的品味中，时常与人说起家乡的茅台和那青山绿水，总以为那是最值得歌颂的引以为豪的东西。可是，那条家乡的大河与记忆深刻的童年的油菜花，总是促使我不断地把内心最深沉的东西贴近那最深邃的一角，生命中的大欢乐就如生命中的大苦痛一样，时常产生于那与灵魂碰撞的瞬间。在学习工作中，我时常心存感激地去讴歌我的老师和那些给予我生活道理的作家、哲学家，我自以为这些人是养育我的精神之师，可是，我却在纷繁中忘记了家乡的蓝天、星空给予我的安慰、温暖和力量，那种于现实之外的另一种伟大的秩序、尺度和眼睛，以及那潺潺流动的溪水和它的碧波，所有这看似纯朴却千年未变的一切，都在呼唤我的心声，提高我的生命，帮助我保持那份如傻子孙二毛那样的质朴和那盏希望的灵灯。

记得回家乡的飞机上，边上的旅客还在笑我手里捧着本《红楼梦》。眼神眉宇间似乎惊讶如今还有如此痴傻的人！他哪里知道，我愿意手捧一个诗意的国度，一个精神上的伟大家园。他又哪里知道，当天命难违的时候，我揣着丫头的一句话"千里搭长棚，天下没有不散的筵席"，支持我内心深处的禅心和悟性。我也拿着那首《好了歌》，一起把悲痛化作浮云。好就是了，了即好。

回到家看见重病的父亲的时候，我想起老子的那句"复归于婴儿"。

父亲眼神呆滞，由于肿胀的脸和手术后的伤口已经腐烂，使得原本英俊潇洒的父亲面目有些扭曲，回家的时候父亲正在喝牛奶，母亲说他吃不进东西了，只能勉强喝点牛奶，可是我分明看见牛奶被父亲拼命忍痛喝进口，又从鼻子里流了出来……

"喉咙只有小吸管这么大了！"这是父亲看见我说的第一句话。手里拿着那根牛奶瓶子上的吸管。

我笑着说，喉咙本来就没多大。可我知道父亲的意思是他吞不下东西了！

他的话语间分明有对生的渴望！

这个世界对于父亲，有太多的留恋，特别是当他不久于人世的时候。

"想到那时候在邵家桥（故乡的小镇），你骑在你爸爸肩膀上，我背着你妹妹，一天跑到几十里外去看电影，那时候可真快乐啊！现在你们都长大了，离家远了，你爸爸常看你们小时候的照片……"母亲面带笑容地说，眼光回到了三十年前。

三

三十年前，我们一家子最大的乐趣就是晚饭后赶场子看电影，那时候，镇上还没电影院，只是一帮人扛着放映机在下面的村寨上巡回公映，大家会自己抬着凳子，吃完饭就去抢个好点的位置，其实一场电影最多上映一个半小时，而且多是《地道战》《地雷战》之类的老片子，每个村寨轮流上映，但是很奇怪那时候爸爸和妈妈总是不厌其烦地带着我和妹妹来回赶场子观看，虽然一个片子已经看了好多遍，虽然有时候是站一个多小时观看，虽然来回需要几个小时路程，徒步！

母亲每次提起，都觉得回味无穷，说那时候的乐趣，就是那么简单，却很幸福。而我，也能想起骑在父亲肩膀上的那种自由和凌驾一切的幸福。似乎在父亲肩膀上，能安全地驾驭清风，驾驭黄昏和每个有月亮的夜晚。而现在，能驾驭的，只有苍白得如内心的文字。

也许是因为回忆起幼儿时代的朴实，才不愿意煽情和造作，总希望能记录生活的原生态，得到一种心灵的满足和文字境界中的大自在。

曾经得意于时代的发展和科技的进步，和许多不谙世事的年轻人一样，怀揣一个自鸣得意的幼稚的当代人心理，想把父母拉到数字时代的边缘上去，自以为欣赏过《图兰朵》，读过几本"莎士比亚"就接近了戏剧化时代的我，想让父母感觉那高清晰的高质量的电影境界，感受我以为优雅环境的电影院，于是我带父母去看美国大片《阿凡达》，结果他们在电影院的沙发上，难受地睡了一觉，回家后听说 120 元一张电影票，把我斥责了一顿，大叹不值！

留在父母心中的看电影的快乐，永远只在三十年前，他们的那种纯朴的审美，也许是有一双长在心灵里的眼睛的缘故，这双眼睛没有被时代和世俗蒙上灰尘，能穿过任何障碍，直接抵达人灵魂深处，放出万丈光芒。

那是种纯粹得与高调和品位没有任何联系的记忆。而自认为接受过高等教育见过灯红酒绿的我，在这种纯粹的审美面前，想象力萎缩得没有了力气，内心的维度的失落和感官形式的僵化，无法在母亲简短的责备中修复和重新建构。

那种个体的真性情，那种与物质没有丝毫联系的精神境界的满足，也许，只存在于三十年前，那个在母亲心中充满乡土味道的年代。

美之所以为美，幸福之所以定义为幸福，似乎与金钱无关，与科技无关，为什么物质宽裕的今天，我看见的是父亲被病魔无情地扭曲的面容和母亲额头上挂着的愁容？我看到的是焦虑的人们的脸，看到的是现代人横行于世的发泄和近乎颓废的生存方式？

难怪，我是如此沉重地想念着我童年时代的麦苗和油菜花。甚至羡慕傻子孙二毛那傻得干干净净的精神境界。

突然想起那本《精神家园》里的开篇几句诗：

浮生着甚苦奔忙，盛席华筵终散场。
悲喜千般同幻渺，古今一梦尽荒唐。

又想起海德格尔那"未知死，焉知生"的生命存在哲理，也许，生命的确只有在面临死亡的时候才敞开它的意义。

既然如此，死成了生的诠释和佐证，安然地接受，淡定地面对，也许比那些成天哀号"哀莫大于生"之苦痛，更加值得。

在我辗转于生存之理的岁月中，童年的生活和那份沉重的父爱，又交织成梦境中那片璀璨的油菜花，时常开放在回忆的原野里，给予我难以忘怀的精神享受。

那年，我该陪您去看海

那一年，手术后的父亲唯一的愿望，是希望我能带他去看一次大海。我说："好！等病好了，一定去海边住上些时日。"哪知，父亲的病却一直没有好，反而恶化，直到迅速离开这个世界……

多年后，我一直在愧疚，早知道父亲那时候会不久于世，我无论如何应该推着轮椅带他去海边，让他看一眼大海，看一眼净水的世界……我深深地知道，对于父亲，生命的美好无论是在生存形式中或者死亡形式中，并没有遂愿，至少，不是一次圆满的离世。尼采在《查拉图斯特拉如是说》中讲了许多关于死亡的话，他说："我要告诉你们完成圆满的死亡——这对生者是一种刺激和期望，掌握生命的人，为希望与期望所围绕，乃能获得一个胜利的死亡……"而父亲临终时，是没有表情的，即便使用吗啡也无法止住疼痛。

父亲没有能给世界留下有韵味的生命印象，是带着遗憾离开的，因为，许多要说的话，父亲并没有说；许多要做的事情，父亲还没有做。身材魁梧的父亲曾经有个愿望是能买辆越野车彪悍地行走于大江南北，正当他攒够了钱准备实施计划的时候，病魔却降临了……我也知道，父亲一直想看海，是因为大海的清澈和无边，拥抱大海，便是获得胸怀。他渴望的是一片大好的净水世界！父亲曾说他小时候经常去捉泥鳅，弄得满身污泥，还告诉我，在污泥浊水中，有两种鱼类活得很好：一种是泥鳅，一种是鳄鱼。一类油滑、伶俐，一类尖嘴利牙。一类勤心钻营，一类刁钻称霸。他更希望我能走出山门，经常去看看大海，因为海里有泥鳅和鳄鱼以外的东西，或许，父亲从来就不喜欢浑水中的泥鳅和鳄鱼，所以他才向往宽阔的大海，后来我读到庄子的话："天下之水莫大于海，万川归之，不知何时止而不盈。尾闾泄之，不知何时已而不虚。"这才知道，父亲更大的希望，是让我能深思海的哲学，学无止境而无盈虚得失之困扰。父亲在我心中，始终是引导我前行的思考者，直到他生命的终结，我也仍然没有完他给予我的思考。最可惜的是，我还没有听他讲完，一条小鱼如何在浑水中跳跃和自救的故事……

父亲去世后的日子，我只要有机会一定要到海边去住些时日，只是为了瞭望大海的广阔无边，观赏被海水冲刷干净的沙滩，聆听波涛撞击礁石的声音，我能从波涛翻滚的声音中听到大海诉说它身体里的丰富的人性蕴藏，我的心灵也由此而震荡，而后精神被推向内心，推向生命的深处，达到前所未有的巅峰状态。每次独自临海思索，仿佛整个思绪从俗境、人境、神境……由低至高地奔走，由淡远到空寂，最后到达无边无际的烟云迷茫的远方。总是企图让一切喜悦、兴奋、忧虑、悲情、痛苦都能在海的冲击中走向佛家的莲界，达到既能冷观而又不失关怀的大圆融。然而当海岸线上的人们的轨迹多起来的时候，我的视线又被拉回到沙滩上那些从有到无、从无到有的脚印……

从未看过海的父亲与海有着千丝万缕的联系，如今，父亲的生命与宇宙已经没有了俗世的间隔，那么，他应该享受到最高境界的幸福了吧？

父亲，回到那一年，我还是应该和您一起去看海！

我心归处是故乡

　　福克纳说，故乡像邮票那么小；加缪说，故乡像海洋那么大。多年来我如每一个远行的游子一样，时常把故乡揣在心里。每到一处陌生的环境，脑海中便会出现故乡的模样，那模样有时会化作任我飞翔的天空，或是任我驰骋的草原，或是任我索取淳朴智慧的源泉。有时候，呈现欢乐、吉祥；有时负载着忧伤、思念。

　　故乡在某种意义上是一个人的精神家园。歌德塑造的少年维特，他的故乡是个少女的名字——绿蒂，带着一丝诗意和柔情，使得世俗也化作梦和音乐。曹雪芹笔下的宝玉的故乡是那棵绛珠仙草，仙草枯萎，宝玉就失魄，只剩下良知和情感的乡愁。幸运的是，我的故乡，还有那条故乡的乌江，还有心中的那片绿地和家园，还在牵萦着我。有时候会带着我到达白云深处和无云的更深层，从而让我感到生命的源远流长和博大的沉寂，仿佛自己成了宇宙派到地球行走一遭的过客。

　　故乡的那条乌江，时常出现在我的梦境中。我仿佛一直是那在河里游泳的孩子，时常忆起小时候，我是如何被父亲一骨碌扔进水里，从此便不再惧怕水且爱上了水的美丽瞬间。在记忆中贴近乌江最深邃的一角，生命中的欢乐就出现在与伟大的觉悟相碰撞的那一瞬间。无论我走到那里，故乡那乌江的长流水和老母亲如蚕丝的白发时常和我心中想象出来的老子飘忽的白胡子、慧能挑水的扁担、林黛玉的诗词和眼泪、贾宝玉的痴情与呆气融为一体，以至于让我从没有放弃过在文学王国里遨游的惬意，也让我懂得文学不是头脑的事业，而是性情的事业、心灵的事业。写作的人，必须要用眼泪和生命参与到这一事业中来，让我能在这片精神领域里感受到幸福和自在。如果人内心没有了音乐，自然无法进入音乐；如果一个人内心没有了诗，自然读不懂诗；对诗的感觉源于对生命的感觉，正如一个人如果没有灵魂，就不知道陀思妥耶夫斯基的"灵魂告白"，也自然不知道曹雪芹的灵魂悖论。但社会给人的启示是多方面的，有人阅读经典用生命，用灵魂，找到栖居的精神家园；当然也有人用皮肤和感官，还有人用政治、市场和手段……

　　我之所以不放弃诗意，是我深深地知道，一个人的诗意是否尚存，只有一个尺度可以衡量，这就是生命尊严和生命活力是否还在，文化的精彩来自生命的精彩，当负载文化的生命主体变得势利、奴性十足、从腰杆到灵魂都站立不起来只能佝偻行走的时候，这便丧失了诗意的光泽。我很庆幸我心中的诗意尚存，归根结底，还是因为故乡的那条乌江给我以启示，江中的水无时无刻不在启迪我："水善利万物而不争……夫唯不争，故无尤。"

　　离开故乡多年，我一如既往地追寻诗意生命与诗意世界里的梦，那是个关于香草永不凋谢，美人永不出嫁不死亡的梦，也是一个关于生命按其本真自然与天地万物相融相契的梦。这个梦一直保存在我的情感深处，虽偶感迷茫，但也时常发出太阳般的灵魂的光亮，那种对万物本真融入真性情的诗意状态，哪怕是在灵魂深处争吵不休也显得那么的美，这种美也直达我心归处。

回乡偶书

　　游子之于故乡的感觉，到底是怎样的呢？沈从文离开家乡，便开始动笔写边城，写一条溪、一个女人、一条狗、一个漫长的梦。写他对似水年华的追忆！而我，不知道从什么时候开始，已经让故乡栖息在灵魂深处，变成那永恒的精神家园了。

　　故乡是座背山靠水的小城，每次回故里，最喜欢站在乌江一桥上眺望远接云天的江水，偶尔能看到一叶小舟从实景驶入缥缈云烟中，思绪便会放飞，脑海中出现苏子泛舟江上的情景，也曾想体会那"驾一叶之扁舟，举匏樽以相属。寄蜉蝣于天地，渺沧海之一粟"的情怀，生命的意义，或许就在于享受那取之不尽的江上之清风与山间之明月，沐浴天地的福泽。一切是非得失，会在拥抱无穷尽的自然宝藏那一刻，消失殆尽。

　　新春谷日，离开故乡的时候，正下着绵绵细雨，宛如一首凄美沧桑的诗。江水与雨水相融，烟波浩渺，如梦如幻。母亲深远的目光里，藏满忧愁和期盼，虽然面带微笑，叮嘱即将去往远方的我要好好工作，不要顾念她，告诉我她在老家很开心。

但是前一晚上我却分明看见她闭上眼睛偷偷抹眼泪，我也分明看见母亲的步履一直跟随我离开时的车轴……尽管思绪万分，却还得面带笑容，彼此让对方安心，内心却永远舍不下那份绵长的挂念。

于是，我只能悄悄在脑海中轻轻地留下一首《别乡行》，以纪念内心那沉重的别意。

> 开岁得数日，吾方复行游。
> 离情动中夜，念别怀耿忧。
> 风雨晦磐石，薄雾笼高楼。
> 曙曙徉天际，冥冥锁层丘。
> 平明辞亲老，叮嘱不知休。
> 慈母影疏远，奄忽身佝偻。
> 行迈忽靡靡，舟车何悠悠。
> 岂为他乡故，肠中转车轴。
> 行人未解语，但顾江山秀。
> 烟雨湿眉眼，水韵含忧愁。
> 且云今朝乐，明日非所求。
> 道路阻且长，浪淘天尽头。
> 努力加餐饭，来年话春秋。

不知道从什么时候开始，在外工作的城里人，总会与乡愁不期而遇，让思念伴随一丝柔美而甜蜜的落寞，成了心底永远消失不了的情怀；漂泊在外的游子，总会与乡愁相伴，想家的热泪，时常温润那孤寂的心灵。不管古代还是今朝，思乡的情感应该都是充盈的吧？古代那些远征边塞背井离乡的游子，因戍守边疆，思想的情怀也许只能写在马背枯骨上；那些为了生存而逃离，再也没有回家的游子，乡愁的哀怨也许会成为他们生命中绕不开的主题。在漫长的历史中，那些刻画战乱、动荡、天灾的社会形态，让乡愁成了那个时代的普遍情感，也难怪在中国的文化史中，乡愁始终是庞大的文学命题，留下了数不清的乡愁文字。不管是"低头思故乡"的李白，或是"月落乌啼霜满天"的张继；不管是"西出阳关无故人"的王维，或是"少小离家老大回"的贺知章，都是站在异乡的大地上，远望苍茫，仰望云月，寄托情思，深沉地发出最为动人的乡愁之音。

于是，有幸回故里的我，感慨万分。登山临望之时，怎会不慨叹人生易老，岁月流长？看云卷云舒，观奇峰秀岭，幽壑层峦之时，怎会不发出"白云回望合，青霭入看无"的感慨？沐浴浩然之气时，怎能不寄存志向于寒芳之中，享受那一时的傲气？目观悬崖之时，怎能不感慨人生如寒流般凶险，万物无常？更或者，想取出石梯登往天界，驾驶着雾霭流岚绝凡心于尘世！

众多源于乡愁的感慨，站在人生的步履停歇处，我也不自觉地会仰叹：

傲气尽而灵海阔，虚伪失则心神恬。慧静方圆，清心无垢，视大千世界入佛土，观万世人群弃尘心，幸甚至哉！

小时候的年

小时候的年，是那场令人回味的梦。

数十年后的今天，我时常静静地回味那个梦境中的场景：有厂房院子、小径、油菜花、清澈的河流以及弥漫在空气中的酒香……

小时候的年，充满鸿蒙的质朴，也充满着浓郁的年味。一般到腊月初八过后，每家每户都要准备买年货、熬猪油、炸酥肉、灌香肠、熏腊肉、打花甜粑、炸麻花、酿甜米酒……样样自家做，全家人一起动手，开开心心。最让人记忆犹新的是灌香肠和打花甜粑。

灌香肠

每到过年前夕，父亲总会到农家去预订过年猪肉，一般是与厂里的同事两家分一头猪，预付定金后，农家人会定时把新鲜的猪肉送上门来。猪肉到了，大人们便会把猪肉切成块状，肥肉用来熬油，每家都会熬上几大锅猪油，等着来年慢慢享用；瘦肉切成方块状，用各种食用香料调好，灌到洗干净的猪肠子里面。灌香肠是件有趣的事情，大人们会让孩子们一起参与。用一根细软的竹条，圈成一个小竹圈，固定在肠子口，再把一块块调好的猪肉沿着竹圈塞进肠子里面，看着一根根原本瘪瘪的肠子逐渐饱满起来，孩子们心里欢喜得很。当然灌香肠也是技术活，稍不注意会灌得太满而破裂。所以大人们总会不时地用一根缝衣针把灌满的香肠扎一些小气孔，这样就避免了肠内空气膨胀破裂。

把猪肉块灌入肠子内只是完成了一半工序，接下来是比较有特色的技术活 —— 熏香肠。每家每户事先会到山上去砍一些香树枝桠，放在一个封闭的大铁桶里，铁桶上面支上铁棍，把灌好的香肠挂在铁棍上，外面再用麻袋封好，在铁桶里焚烧香树枝桠。在烟火熏制下，一股股带着油脂的香味会弥漫在空气中，甚是诱人。邻居们也会互相分享自家的香肠，评价谁家香肠做得好，其乐无穷。

如今，随着时代的进步，出现许多香肠加工厂。机器代替了手工，自己做香肠的人家越来越少，灌香肠的幸福过程也只能依靠对童年的回味了，那乡里邻居间其乐融融的氛围和彼此间分享的幸福已经被超市、商场、高楼大厦给代替了，如今的年味，仿佛被时代的发展蒙上一层灰蒙蒙的薄纱一样，没有了透彻和爽朗。

打花甜粑

　　"花甜粑"是贵州思南土家族独有的美食，因其制作工艺独特，味道甜美而享誉四方。特别是中央电视台《远方的家——思南》播出后，这道美食里折射出来的独特的文化和思南土家族的原始图腾意识，以及那丰富的祈福意愿和伦理观念，更是吸引无数民俗文化爱好者的眼光。

　　花甜粑，带着它身后的故事，也赢得了土家人的挚爱。传说古时候有个思南书生告别心上人远走京城，几年后经过一番奋斗终于功成名就，但因为公务繁忙一直未能回家探亲。老家望穿秋水的姑娘情急之中有了主意，她把书生最爱吃的糯米做成甜粑，把家乡的山山水水、花花草草画在甜粑之上，托人捎给远方的心上人。这一招果然奏效，睹物思人的书生读懂姑娘的满腔情意和心事，思乡情切，立刻告假还乡，翻山越岭，回来与聪明的姑娘成亲。自从有了这段佳话后，思南人做甜粑就不再简单了，也有别于其他一些地方的年糕，土家人总是要加上复杂的制作工序，让切出来的每一片花甜粑都带着美丽的图案和浓浓的情意。

　　每逢过年，孩子们最喜欢的就是跟着大人们一起打花甜粑了。记得一到腊月，母亲会选择上等的糯米和粳米按照2:1的比例混合，淘去米糠后浸泡好几个小时，待米浸透发泡后，再到专门的米粉加工坊，把米碾碎成一大袋细粉。那时候加工坊不多，到年底的时候都得排队，往往是吃完午饭去排队，到晚饭时候才能回家。米粉加工好后，父亲再准备好食用颜料——粑粑红，制作花甜粑的工作就正式开始了。

打花甜粑是力气活。这个活一般由父亲来完成，我和妹妹会在边上欢快地加油。先看见父亲将磨好的细粉提取四分之一打成浆子，与干面糅合成团。再将面团分成若干、用擀面杖擀成薄片，每片涂上事先准备好的粑粑红。再根据自己所做花样的需要，以三层、四层、五层不等把涂好色的面片重叠起来，将叠好的面片卷成圆条使劲打合。打合的时候，发出"铛铛"的声音，这声音仿佛成了充满年味的爵士乐，令人激动而兴奋，我和妹妹也会随着父亲有节奏的打合声蹦跳舞蹈。打合到一定程度后，再用一条薄竹片，在圆条的周围向内压数条细槽，将细槽用少许水抹湿后再进行打合，最后用一层比较大的涂了色的面片，包裹在打合的圆条上，再尽打尽打，长长的一条圆柱状花甜粑就成形了。而此刻身强力壮的父亲，已经是满头大汗了。

最激动人心的时刻是把打合的圆条用刀一分为二，因为切开就能清晰地看见所做的花样了。花甜粑花样很多，有自然景物中的花、草、鸟、鱼；有汉字中的福、禄、寿、喜、天作之合等吉祥文字。而父亲最擅长做牡丹花，每次做好切开的时候，父亲会让我们猜，会出现什么花，我和妹妹就会猜各种各样的花卉名称。当我们看到美丽的牡丹花呈现的时候，便会欢快地鼓掌大叫："有牡丹花吃喽！有牡丹花吃喽！"

做花甜粑还有最后一道工序就是蒸熟。记得那时候在父亲的厂里，每家做好花甜粑都会拿到公共食堂的大蒸笼里去蒸熟。一般用大火蒸三四个小时，即可出笼。出笼的时候一条条圆柱状的花甜粑香气扑鼻，母亲总会先切一小块给我们解馋，那刚出笼的花甜粑黏黏的、甜甜的滋味，至今还回味无穷⋯⋯

三十多年后的今天，曾经身强力壮的父亲已经变成了一座孤零零的青冢；曾经充满欢声笑语的厂房已经变成一片荒田；曾经熏香肠的铁桶已经变成了寻不到踪影的垃圾；曾经加工米粉的作坊已经夷为平地⋯⋯所有的东西，变成了历史。没有经历过历史的人，已无法感受到历史伤痕的疼痛了。即使偶尔从书上读到那些历史化的记忆，也很抽象化了，很难找到那种消失后永远无法拾得的疼痛感。

岁月的哀伤，历史最深的痛点，便是记忆的消逝了。很庆幸我的脑海中还有残存的小时候的年，那时候的"年"不是神话中的大怪物，而是温馨、是淳朴、是快乐！

小时候的年，不膨胀、不喧哗，却塑造了勤劳与宁静。它既是一段被审美化了的历史，又是一段充满诗意的生命存在，抑或是那场遥远的梦，时常散发出沁人心脾的芳香，让我享受到来自心灵的最高幸福。

把生活过成一首诗

　　德国著名诗人荷尔德林曾经说过这样一句话："人生充满劳作，然而人诗意地栖居在大地上。"我认为这句诗应该能够启发我们思考三方面内容：第一，生活是诗的源泉；第二，人生本是一首诗；第三，诗意的人生向往。诗歌创作需要灵感，而灵感来源于生活，生活可以让诗更加充实，并且赋予诗一种独特的生命力，生活是诗歌的灵魂。多少年来，我的生活给了我无限的启示，也给了我独特的灵感，无论生活给我什么样的滋味，都将成为我诗意栖居在这个世界上最幸福的理由。

致青春

　　我的家乡是位于贵州省东部一座叫作思南的小城，这是一座四面环山的小镇，一条乌江孕育着两岸勤劳的人们。记得很小的时候，我就特别想知道，山的外面是什么，我的祖母告诉我，山的外面，还是山。的确，那里的山很高，所以小时候几个大一点儿的孩子会忽悠我们几个年纪小的孩子说："拿个梯子，爬到山顶，把梯子搭到云层上，就可以去天宫玩了。"我们几个小孩子真的就拿梯子准备去登天，结果被大人叫回来，狠狠地骂了一顿。但是从那个时候开始，我对山外面的世界充满了渴望，我想终有一天，我会走出重山，去了解外面的世界。远方，成了我们儿时的梦想！于是高考的时候，我报了离家最远的东北的一所大学，离家有四千多公里。

可是，当我真正要离开家乡的时候，我才知道，那种离开是十分令人痛苦的。难怪有人说：幸运的诗人，都有不幸的经历，因为一首首美丽的诗篇中，一定有受着煎熬的灵魂。我就是从那一刻起，我的灵魂也开始备受煎熬，故乡成了我心中的一个结，我也从来没想到，那样的一次离家远行，竟然注定我从此便成为大地上的异乡者了。

十九岁的我离开家乡的时候，只记得汽车在蜿蜒的盘山公路上不断地前行，由于没有高速公路，从偏远小镇思南得坐八个小时的长途汽车才到省会贵阳。还记得那时候坐的是那种双层的卧铺汽车，这种车子位置可以放平睡觉，但是非常拥挤，上座位的时候需要把鞋子脱掉，于是封闭的车厢内，充溢各种奇异的味道。对于晕车的我来说，八个小时是非常受罪的，不断地呕吐，不断地昏睡，艰难地到了省会贵阳，在几位老乡的带领下，赶紧排队买前往北京的火车票，排队买火车票大约需要十几个小时，而且经常是买到无座的车票，从贵阳到北京西站的绿皮车要行驶 42 个小时。站着，不吃不喝！不是不饿不渴，而是为了不上厕所，因为火车的走道里，厕所里面都堵满了人。那个时候，心中的诗歌在煎熬中被写成了两个字：历练！

　　或许，青春的意义就在于急行的脚步所留下的印记。到了北京，再排队，买北京到长春的火车票，再经历 12 个小时绿皮车的颠簸后，最终才到达目的地。我小时候曾经向往的远方，在旅途的劳累中似乎失去了光彩，真正到达异乡后，时常一个人坐在窗前，脑海里浮现的却是故乡的风景。那个时候，我才知道，原来让我精神能够真正栖居的最佳圣地，居然还是遥远的家乡。我的童年，我的青春，伴随着我脑海中时常会出现的家乡的高山、乌江、油菜花让我充满一种宁静的美感；我就读的那所中学里的无水三孔桥时常萦绕在我脑际，记得我常常把心中的秘密悄悄地记在小本子上，坐在桥边自由地畅想着东坡笔下的月色和我未来的那位王；时常会想起那远处悠扬的口琴声，甚至擦肩而过风和恬淡的月光，还有那芳草吐出的清香；时常会想起那个黑色的七月，录取通知书的晚到所给予我的落寞和悲伤以及远处那双充满关怀和不知所措的眼睛……所以，我写下了《致青春》——

那年那月

有擦肩而过的风

藏着春天的温暖

知了在无词地歌唱

用高昂的音调

在寂静的夜里

每一线凝望

都是背负的沉重的光芒

记录每一枚心事

文章小憩在手掌

像低迷的杜鹃

歌唱未来的王

西风卷走的前生

勾画成多棱的背影

三孔桥边上

有牧师的琴声

有芳草吐出的香

是变了色的独白

我试着抚摸指尖上

那道闪电划的痕

却变成七月的目光

像火

燃烧着路人的夜

是谁

把苏轼的明月

摔碎成酒的陈香

　　2015年冬天，我的母亲做了一次心脏手术，于是我的生活被锁定在医院—单位—家组成的三角形中。在忙碌的奔波中，我有种强烈的感觉，原来当自己的母亲生命脆弱的时刻，

子女的生活也仿佛站在一根细小颤微的发丝上一样，而此刻
我年近七旬的母亲，就像一个长着满脸皱纹的孩子一样，纯
真而简单。有一天我去医院看望老人家的时候，发现母亲正
在掰着手指头数着，我问她："妈妈，您在数什么啊？"她
含笑地告诉我："我在数我住进医院多少天了……"这个时
候我才发现，母亲那双布满褶皱的手，其实缠满了岁月的结，
她就像是坐在一片遥远的云朵上，回忆自己的烂漫的童年。
我突然明白老子的"复归于婴儿"是一种多么沉重的回归。
岁月让这位老人回归了孩童般的心，也给我的生命穿了一个
孔，透过这个孔照射出一种特别的生命意义。于是，我为母
亲写下了一首《致母亲》——

我愈走愈深

一条走廊充满药味

有个音符在电梯里歌唱

唱出的声音

也有药味

一个带着皱纹的

孩子

在细数手指

注定今夜

您端坐在

六十多年前的

那个干涸的年代里张望

回忆

世间的一个

长满诗歌的童年

您拈起

一片秋的叶子

穿一个梦的孔

世上的一棵树

有了旋律

一个声音在喊

不要告诉我生命的芬芳

因为我要用那把土

繁衍生的热泪

星光璀璨的夜晚

波光荡漾

夜曲悠扬

那双皱褶的手

缠满岁月的结

于是

后代的生活就站在

那颤人的发丝上

用嘴角吹出

如缕的箫声

您的生命从此便触动我的心房

致生活

生活给予我们的是诗的灵感，我们的生活本身就是一首诗，至于是悲壮的、沉郁的，还是欢笑的、开朗的，格调随生活的不同而定。快乐的生活给我们美好，悲惨的生活也给我们启示，有人说诗人就正如那黄昏和异乡的养蜂人，既尝到花蜜的甜饴也要承担沉重黑暗的风箱以及时时被蜇伤的危险，我们可以确信诗人目睹了这个世界的缺口，也畅想过世界的完美；目睹过内心不断扩大的阴影，也仰望过头顶升起的旭日，每时每刻，很多时候，诗人是慰藉与绝望同在，赞美与残缺并行。这是一种肯定，也是不断加重的疑问。这也许正是诗人所面对的生活，或者正是生活中不可忽视的那一部分秘密吧。

然而有一些东西，是可以让我们尽情地享用的，正如苏东坡所说："惟江上之清风，与山间之明月，耳得之而为声，目遇之而成色，取之无禁，用之不竭！"我们可以在这个世界尽情地索取造物主的无尽恩赐，一花，一草，一树，流云，溪水，以及那些生活中已经存在却很少被人发现的瞬间，又何尝不是我们栖居在这个世界上的理由呢？清晨跑步，当我看到天空中自由漂游的浮云，看到仰望苍穹的老树，我都会不由自主地思索，广博无比的天空，它该有多么宽广的胸怀，才能容得下这偌大的一个社会啊？它明知道这世界有善良也有邪恶，有纯净也有污浊，有正义也有卑鄙，但是，它居然都能包容在其胸怀之内，这是怎样的一种境界啊？于是，无论是一片流云，一处红花，一位红衣少女的背影，都会成为我的灵感，我把生活过成一首诗，从中去找到惬意与安宁，完成我诗意的向往，于是，我生活中蓝色的晨空、粉色的花蕊以及看到的那美的瞬间，都成为我笔下自由书写的音符。

晨空

仰望流云入尽头，常观老树乐悠悠。

天公历尽世间事，自在胸怀是一流。

粉蕊

枝间粉蕊笑从容，满面胭脂赛桃红。

此处芳心情欲诉，悄随行人舞清风。

晨景

绿柳红衫入画中，白堤琉瓦伴葱茏。

流云游走无踪影，只妒佳人伴晓风。

山川尽情地焕其俊美，日月无私地耀其光辉，花草开怀地吐其芳蕙，虫鱼自由地竞其生气。这些自然盛景让现代生活的人们找到陶冶情操的归宿，获得精神气性的沐浴。我们如何走出自我狭小的空间，这需要我们在生活中寻找诗的灵感，并发现美且欣赏美。刘勰说"登山则情满于山，观海则意溢于海"，这要求我们在欣赏美的事物时，要充分运用我们的情志理念。欣赏美，是一个渐进的过程，是从简单的感官的愉悦到复杂的个体与美的融合而形成的"物我两忘"境界。

二十多年前，我离开故乡，最初的梦想是希望走出重山，看看外面的世界，当我离乡多年，再次回顾曾经的企望的时候，故乡，反倒成为我内心最坚定的精神家园，那里的一草一木，一山一水，那里的老屋，还有那里的老人们，都成为我的精神家园中不变的风景。我在我的生活中不断地去找到那片宁静的土地，因为在我的心中，始终保持对生活诗意的向往，不管生活给予我怎样的感悟，不管在这个浮躁的年代给予我们怎样的一种焦虑，我仍然能找到一片安静的土壤，用自己审美的眼光把内心的慰藉种进这片土壤里面，相信一定会萌生出新的希望。

我的一生选择了文字，或许，也就意味选择了深沉，也选择了底蕴，甚至选择了孤独！然而，我深深地知道，一个人，如果到了一定的年龄，还不失赤子之心；在经过风雨洗礼后，依然诗意盎然，那此人一定是具备一种得天独厚的坚强。不管岁月苍老成什么样子，我都会继续书写忠诚于生活、忠诚于自己内心的诗歌，因为，我清楚地知道，诗歌的眼睛将是最永恒最明亮的！

跫 音

　　行走的意义，不在于抵达。享受旅行的过程，其实是给自己坦然回归自我的勇气，远方之所以美，是因为你有心中向往的那个世界。一条小径，一本书，一杯咖啡，一种问候，一份思念……其实，在你来之前，就已经存在很久了，只是，繁忙中的我们，忘却了心灵深处所追寻的那份温柔和自由罢了！

欧游杂记一 灵性法兰克福

序

记得小时候，我常指着墙上的一张世界地图问父亲："世界有多大？"父亲的回答是："长大了，出去看看。"于是，我在高考报志愿的时候，选择了离家最远的东北。其实那时脑海里并不知道东北离自己所在的那座小城有多远，我只知道，那座小城被一层又一层的山包裹，只知道，我要出去看看，走出大山，走出那片我太过于熟悉的故土。于是，我走出去了。上大学那年，我 19 岁。如今，已过不惑之年，我仍然还在异乡。故乡，深藏在自己心灵归处。而我，仍然记得父亲的话——长大了，出去看看。

到法兰克福，是因为它的灵性，因为对歌德作品的深爱，我一直相信，大凡世间大家，皆出自灵圣之地，灵圣之地方能滋养大家之灵感。于是，这次欧洲之行，成了我追寻人文与大家的印记。

逶迤绵延的施莱夫山脉，形成风韵天成的自然景观带，将低调而委婉的法兰克福逐渐舒展开来。水滋生万物，上善若水。蜿蜒 1320 公里的美因河的水赋予法兰克福以生命，平添了它的灵韵与生机。它把城区一分为二，市中心与老城位于美因河北岸，河上多座桥梁把南岸市郊新区紧密相连起来，美因河的水哺育这座城市，也深藏这个城市的历史和传说：传说一天拂晓，查理大帝战败逃到美因河边，无法渡河，危急中看到一只母鹿涉水渡河，于是查理大帝带领大军跟着母鹿渡河，转危为安，后来，查理大帝下令修建了这座城市，命名为法兰克福，意思是法兰克人的渡口。从此，这座城市成了神圣罗马帝国的重要政治金融中心。

到达美因河畔法兰克福的时候正是阴雨绵绵，细雨更增添了这座城市的历史韵味，略显沧桑的凯撒大教堂像一位庄严的长者，向过往的行人诉说着曾经的神圣罗马帝国在这里举行加冕典礼时候的辉煌，我漫步在异常清净的凯撒广场中间，任细雨抚摸脸颊，有一股沁人心脾的凉爽。此时，一对漫步雨中的老夫妻映入我的眼帘，他们各自撑着一把伞，却是手拉着手，慢慢地行走着，宁静的道路突然多了许多柔软的情怀出来。我突然想起我的父亲母亲，如果父亲还健在，他会拉着母亲的手在雨中漫步吗？看到老太太稍显佝偻的身体，我想起数十年后的我，那个时候，我的老伴儿会拉着我的手漫步雨中吗？站在雨中沉思，总希望从湿润的空气中浸润到那种宁静的幸福感。

"我们去桥上走走吧！"思绪被同伴拉回了现实。是啊，去美因河畔走走，去大铁桥上走走。

伴着细雨，桥上漫步，犹能感觉到美因河的细腻与温柔。两岸新城老城风光在雨中更显卓越风姿。北岸望去看到的是法兰克福大教堂，西北面为高楼林立的银行金融区。对岸萨克森区的多所教堂更加显出 18 世纪的古典气息。我深知，置身法兰克福大铁桥最终要寻觅的，是那份浪漫情结；我徜徉于微风细雨中，桥上人不多，但发觉大凡漫步铁桥上的人，脸上是洋溢微笑的。仔细一看，桥的护栏中间挂满了色彩斑斓大大小小的连心锁，这座桥的偌大的情感灵性被这样交融，怎不令人流连？铁桥作为爱情的象征价值已经大大超出它本身的建筑价值，是任何桥梁无法比拟的。桥面上遍布的"定情锁"，诠释纯真爱情圣洁而崇高的意境。手拉手的情人中，一对当地的老夫妻情不自禁深情互吻，让我突然想起歌德的话：

爱是真正促使人复苏的动力。

爱情，你的话是我的食粮，你的气息是我的醇酒。

我很了解我自己：我的肉体在旅行，我的心却总是休憩在爱人的怀里。

远处，传来教堂的钟声，不知怎么的，脑海中突然闪现出卡西莫多与爱斯梅拉达的爱情故事……

欧游杂记二　魅力海德堡

海德堡的魅力，已经无数次出现在我的梦中……

就好像是那片天空，在静谧中亲吻大地，使她在花朵清辉中，定会做梦将他回忆。有风儿吹过了田野，轻柔地抚动着麦浪。丛林发出娑娑声息，星夜是何等的澄亮。我的灵魂也舒展起来，它那对宽阔的翅膀，它飞过安静的大地，好似正飞向它的家乡。

—— 艾兴多夫《月夜》

一路读着艾兴多夫的《月夜》，前往海德堡。我的灵魂似乎也真的长了翅膀，舒展开来，飞向内卡河畔的那座文化古城，试图去寻找诗人艾兴多夫留下的文化碎片。

海德堡是一座充满诗情画意的文化古城，大大小小的古堡彰显这里的中世纪风格，建于13世纪的海德堡城堡，就坐落在国王宝座山顶上，这是一座红褐色古城堡，因战争两次被摧毁，直到19世纪才被重建，远远看去，城堡犹如一位历经沧桑的国王，坚强地傲立山顶，难怪马克•吐温感叹曰："残破而不失王者之气，如同暴风雨中的李尔王！"

不知道多少诗人和文豪来这里寻觅过浪漫和灵感！

歌德说："我把心遗失在了海德堡！"

马克·吐温说："这是我到过的最美的地方！"

欧洲最古老的海德堡大学就在这里，黑格尔、伽达默尔、哈贝马斯等多位哲学家和社会学家在这里留下足迹，那位我魂牵梦绕的浪漫主义诗人——艾兴多夫也在这里撒下浪漫情怀。在内卡湖北岸的山丘上，我似乎看到诗人、哲学家们在那里散步、思考，走出了那条哲学家小路。

这是一座独一无二的古城，除了培育世界上众多独一无二的大家之外，世界上独一无二的学生监狱也在这里。据说当时大学应当地民众要求，对警方无法干预的犯了轻罪的学生设立了这个监狱，犯罪的学生白天上课，晚上回来关押，监狱仅提供简单食物。但是很快，学生们发现这是个聚会的好地方，于是，这里成了学生们的乐园，大家都争相故意来被关押，四壁和天花板上留下许多学生们的涂鸦作品。这个学生监狱也逐渐变成世界上独一无二的艺术品。

有人说，这是一座能"偷心"的城市，有太多理由被人宠爱！这种被宠爱源于不张扬，不矫饰却又自带沉韵，一座城如此，人亦如此！沿着与内卡河平行的老城主街行走，街道两旁的建筑都保持着古朴和生动，街旁人们穿着随意而悠闲，有深情相拥的情侣，有穿着吊带衫的金发老太太，有赤脚奔跑的孩子……一切，都在告诉你：无他，舒服就好！我与同伴顺着小道，再次来到内卡河畔，沐浴微风，托腮注目，

尽情地呼吸湖水的宁静，河对岸大大小小的城堡更加让灵性
的湖水多了几分柔情，吮吸清新的水香，看着天空漂浮的白云，
似乎，我的心已经丢落在这里了……

　　呵，远逝的山峰和峡谷
　　美丽的森林，青苍碧绿
　　你是虔诚的圣殿
　　优美的驻留之地
　　人间，繁忙的世界
　　常常欺骗地喧嚣一瞬间
　　再展开一回吧，这绿色的营帐
　　……

—— 艾兴多夫《离别》

欧游杂记三　梦幻新天鹅堡

"他是那么英俊、有教养、热情洋溢又真诚！我真担心他的生命会像神托的梦一样，悄然而逝！"这是著名作曲家瓦格纳赞叹为艺术疯狂而令人扼腕的巴伐利亚国王——路德维希二世！

这是一个充满艺术才华却又孤寂一生的王为自己留下的一段悲伤而浪漫的往事！15岁那年，他第一次欣赏到瓦格纳的歌剧《罗恩格林》的时候，那个中世纪白天鹅骑士的光辉形象一直萦绕着他，于是，他的心中，有了一座充满梦幻的人间仙境，一座奢华的艺术殿堂——新天鹅堡！谁又能想到，多年后，这个为自由和艺术疯狂的国王构思的作品，能给迪士尼乐园的建造带来灵感，成就了无数孩子的梦，并享誉世界。

新天鹅堡位于德国与奥地利边界不远处，离美丽的富森小镇只有四公里左右。我们从斯图加特坐车去新天鹅堡，沿途蓝天白云下宽阔的绿色草坪与低矮整齐的红褐瓦装饰的村舍尽收眼底，坐在车上也顿觉心旷神怡。

到达新天鹅堡的时候，已经是中午，很激动地吃了一顿当地出名的啤酒猪蹄餐，不爱吃肉的我，此时也吃得幸福满满，倒不是因为猪蹄的味道，而是马上就要上山领略那座梦幻城堡的风情的缘故。吃完午餐，我们坐车来到山顶，在这里可以看到整个城堡外观，蓝天白云下如诗如画的新天鹅堡呈现在眼前：它就像一只风姿绰约的白天鹅，洁白的尖顶、高挑的身躯，似乎在向群山诉说那位倔强而又充满艺术才华的巴伐利亚国王路德维希二世的桀骜与孤独。忠诚的阿尔卑斯山脉始终守护它，连绵起伏的山峰、繁茂的树林和清澈的湖泊无不映衬出它的圣洁高雅，它雄踞山巅，睥睨万物，造型优美得让你感觉它即将要展翅欲飞，又觉得上帝有意为它缝制了一件以蓝天白云为材质的轻纱，试图轻轻为它披上，宛若人间仙子，如梦般缥缈！它是超越现实的童话，是在这个世上生存 41 年的路德维希二世逃脱政治阴谋，远离束缚的另一个精神境界。它的价值，在于超越。

走进城堡，便走进这位孤寂的王惊人的才华世界！从红色回廊到国王起居室，整个布局色彩显示这位国王的爱好，多处出现天鹅骑士图和白天鹅饰品，大部分装饰以深蓝色调为主，精美的哥特式雕刻，窗户、床罩皆使用深蓝色布料与金边镶嵌的刺绣。最惊人的是歌手大厅，国王希望在这里创造一个艺术的梦幻空间，也是他对好朋友瓦格纳的歌剧作品的再现与升华。从长廊到厅内的油画，记载歌剧里完整的英雄传奇。或许，这位为艺术疯狂的国王，把自己一生的追求都寄托在这座城堡里，他更希望用独特的方式上演属于自己的那幕与众不同的灵感歌剧，他的一生，就是一场没有完结的剧。

　　出天鹅堡的时候已临近傍晚，但仍然是艳阳高照，我和同伴婧婧商量好徒步下山，我们行走在一条从山顶通向山脚的小道，本以为下山的人会不少，哪知道走了十来分钟，整个山间小道上就只有我们俩。阳光已被茂密的树林挡住，显得有些阴森。林荫里不时传来风的呼呼声和小动物穿行过的声音，不知怎么的，顿生畏惧。我脑海中突然闪现传说中的一幕：1886年，路德维希被诊断为精神病，6月的一个晚上，路德维希二世和他的精神病医生去湖边散步，从此，这个被孤独、误解、债务、宫斗围困一生的国王再也没有回来……

　　当我和同伴带着小路历险的惊恐奔跑着到达山脚后，终于见到下山的人群，明媚的阳光洒在我们身上，顿觉温暖，但新天鹅堡的奇幻色彩却一直萦绕在心头…

欧游杂记四
富森小镇的旅馆和巴伐利亚情结

　　"精神乃是涌向天空、追逐上帝的狂飙。"这是我住在巴伐利亚州富森小镇那家令人流连忘返的民俗旅馆的时候想起的海德格尔的一句话。因为在这里，我似乎找到了另一个世界的自己。从天鹅堡下来，住进酒店的当晚，我就决定一定要用最平实的文字记录下这家旅馆内在的华丽！

　　这家旅店的大堂很普通，前台只有一个穿着巴伐利亚裙子的服务员在忙碌。大堂空间并不宽敞，甚至有些拥挤，客人来自世界各地，我们的房间得通过一道狭窄的楼梯下楼才至。难道我们住在地下？我心里忖度。初入这家旅馆的时候有些纳闷，这么狭小的地方，外表看起来甚是普通，为何会有这么多人来住宿？仔细观察起来，发现这间酒店的魅力，其实隐藏得很深。只看室内空间，面积不大，但是每个可以利用的角落都匠心别具，在从大堂下楼的拐角处，居然放了一只精致的咖啡机和开水柜以及各种茶具供客人使用！我窃喜，来欧洲后就没想奢望喝到开水，哪料到这里居然有开水柜！不知怎的，到这边后就特别想吃贵州的老干妈，还有方便面！只是苦于没有开水。此刻心里暗自庆幸，终于可以吃方便面啦！终于可以不用喝冰水吃冰激凌解渴啦！

走下楼梯，便是一间不大的起居室，这里的墙壁色调淡雅，紧凑的木质书架上，陈列着很多图书，小沙发、小圆桌与墙上别致的壁灯融为一体，显得格外温馨，如同在家里一样。猛一抬头发现，玻璃门外，居然挂着一幅真实的自然！外面的一大片养眼的绿色呈现在眼前，我们迫不及待到房间放下行李，推开玻璃门，走出去，完全被屋外的景色惊呆了：这是一片宽大得没有边际的绿，一直接到天边，而此时头顶上空的蓝天白云仿佛离我很近，一棵大树垂下的茂密枝桠正好覆盖在高处的草坪上。我激动地奔走上去，触及这性感的灵物，顿觉一股树叶的清香袭来，沁人心脾。站在高处的草坪上瞭望，远处还是一望无际的绿，没有任何杂质，也听不到任何声音，只有透心的舒服！虽然是晚上7点多，但是自然的馈赠是如此的清晰，凉风习习中，天色渐渐有了几处红晕，我奔跑在草坪上，突然想随风起舞，旅馆的主人很贴心地在草坪中间放了多张宽敞的躺椅，我躺在椅子上，仰望天空，细观云朵的变幻，呼吸绿草的芳香，我该用多大的胸怀才能包容下这么广阔的世界？人的灵性与顿悟，的确只有自然才能赋予！此时，我又想起海德格尔的话："人安静地生活，哪怕是静静地听风声，亦能感受到诗意！"是啊，安静地生活，享受自然无穷的馈赠，便不会让心中的那片诗意滑落。

美丽的巴伐利亚州，给人以春天般的舒适，如果能把春天穿在身上，会怎样呢？

女人对服饰有着天性的热爱，我也不例外。如果穿上一条巴伐利亚裙子，就仿佛穿上春天：白色内衬、泡泡袖、束身的彩色丝带、精致的小花边加上可人的小围裙，色彩大红大绿，鲜艳明丽。把春天穿在身上的感觉是怎样的呢？我和婧婧毅然决定各自买一条，买裙子的时候有幸碰到一位在德留学的中国女孩做导购，她告诉我们，穿这种裙子，围裙的系法大有玄机：蝴蝶结系在左前侧，意味自己单身；系在右前侧，表示自己已婚或者订婚；如果系在正中间，那么表示自己是需要求偶的妙龄少女，会引起单身小伙儿的注意。原来围裙是不能乱系的！穿着它在慕尼黑的大街上游走了一圈，感觉喘不过气来，腰束得太紧，背也拉得很直，原来茜茜公主总是那么高昂地抬头挺胸，果真是裙子使然！在裙子的束缚下被迫昂首挺胸地行走，美丽的代价如此艰难。不过一路上换来好几个人向我们跷大拇指，顿时觉得自己穿的是春天般的快意啦！也算是暂且了却了自己那份巴伐利亚情结。

在巴伐利亚的日子，令人难忘，我认真地在日记里写下：人立身于天地自然，仰望苍穹，行走幽径，吮吸芳草泥土之清香，物我两忘。愿自己永远能把春天穿在身上，把自然带到生活。

欧游杂记五　人间仙境国王湖

　　来到国王湖的时候是细雨绵绵，但这反增添了湖水平静的美。这个因冰河侵蚀而形成的狭长而优美的湖泊，位于德国和奥地利边境的小城贝希特斯加登旁，四周环绕巴伐利亚南部群山，被誉为德国最美的湖泊。

　　我们刚到达渡口的时候就被这里祥和的氛围吸引住了，站在岸边，能清晰地看见水底的砂石，几只野鸭拨动绿水，平静的水面顿起涟漪，但仍然柔和而宁静。它们似乎已经习惯世界各地善良的人们来这里，充满灵性地自由自在地在水里游弋；似乎懂得游人拍照的秘诀，偶尔会抢镜似的摆个姿势一动不动昂首在那里，仿佛在等着游人取景。这里来自世界各地的游人虽然不少，但是却感觉不到繁杂，异常安静，水光、山色、木桥、野鸭、游人，互相尊重地营造着这里的和谐。

　　时间已到中午，离乘船时间还有 25 分钟，我们匆忙到小镇上寻觅食物，哪知一路走过，大部分店铺还没营业，只有几家卖冰激凌的小店开门，实在不愿意吃冰激凌了！可是怎么办？最终，我们硬着头皮两人买了一个冰激凌充饥，每人咬了一口，反倒有种快饿晕的感觉。继续寻找食物，看着一间间还未营业的餐厅，行走间不得不羡慕欧洲人的悠闲，此刻已是上午十点四十分。我们一路奔走，突然眼睛一亮：停车场边上，居然有一家麦当劳！不顾只剩下十分钟时间的紧迫，我们像找到救星，飞奔过去，汉堡、薯条加牛奶，狼吞虎咽，大快朵颐。居然不到十分钟就吃完了那个巨大的汉堡，再飞奔到渡口，不禁自问：昨天心里的那个巴伐利亚公主哪里去了？所幸的是此刻没有穿那条束身的巴伐利亚裙子。

吃饱喝足后，该去寻找诗意的山水了！登上游船，欣赏掩映于山谷中的国王湖！雨后的景色更显瑰丽，湖面水平如镜，四面的环山，独具特色，处处可以入画，处处堪称灵秀！最独特的是这里的山峰峰顶并不突出，群山仿佛被上帝拿巨斧横劈一斧一样，显示着一种超凡的气质。仔细一看，几处高山果真像威严的国王戴着王冠，领着他的王后和孩子们临镜梳妆！当游船来到陡峭的绝壁前的时候，一个五十来岁的水手拿出小号，打开船舱门，对着长天仰头吹起了小号，号声沉郁悠远，在山谷中飘荡开去，又曼妙地回荡过来，绝妙天成！突然想起苏东坡泛舟赤壁时候的情景，亦有吹洞箫者如泣如诉的箫声，顿生同感：哀吾生之须臾，羡长江之无穷。挟飞仙以遨游，抱明月而长终……

船继续驶入水深处，余音缭绕中更有一种羽化而登仙的感觉。飘飘然之间，船到了湖心岛，著名的圣巴托洛梅修道院映入眼帘，红色的屋顶在青山绿水之间更加炫目，远处望去，犹如一颗耀眼赤珠被置放在翡翠盘中，修道院前的绿色大草坪散发出雨后的芳香，一个衔着奶嘴的幼童倾心学步前行，仿佛奔走于绵软的绿毯，甚是可爱！我深深地吸几口润湿而清新的空气，和着泥土的清香，在绿色和碧波交替中感受着一身清凉……

返途中，看天空仍然浩然正气，似有羽化蓬莱之感，得诗一首以记之：

倚栏乘舟入画图，削峰落镜帝君出。

山间雨润千重翠，绿岸风随一顶珠。

稚童倾心玩碧毯，船翁留韵占幽谷。

浮云灏气交相汇，倩影仙踪留此湖。

欧游杂记六　王者的桂冠——萨尔茨堡

　　我的生命里有一份记忆，那是第一次看奥斯卡金像奖影片《音乐之声》的时候，那位美丽善良的家庭教师玛利亚带着一群孩子在宽阔的草坪上奔走，歌唱，享受自然乐趣的情景，每当回忆至此，耳边就会响起那熟悉的歌曲：

Doe, a deer, a female deer

Ray, a drop of golden sun

Me, a name I call myself

Far, a long, long way to run

······

　　《音乐之声》的拍摄地，就在萨尔茨堡。在德语中，萨尔茨堡的意思是"盐堡"，盐矿业非常发达。同时也是奥地利音乐和艺术的殿堂，伟大的音乐家莫扎特的诞生地，我们乘坐的汽车在激昂的《土耳其进行曲》的乐声中愉快到达目的地，天气异常晴朗，众多游客都来此追随莫扎特的足迹。

　　这是一座适合漫步感受其艺术魅力的城市，被河流分成新旧城区两部分，绿树成荫的园林，充满特色的喷泉随着音乐的节奏起舞，独具艺术魅力的雕塑彰显着独特的气质，修剪成各种形状的似锦繁花把地面划分成曼妙的音符，只要漫步其中，就感觉阳光和清风会带着你翩翩起舞。还有那驾驭着中古风格的民居，莫扎特广场独具神韵的铜像，远处阿尔卑斯山脉的秀丽风光……蓝天和白云交映，自然和艺术相融。难怪每年世界顶尖的音乐家们都会汇聚在此参加音乐节，用无数歌剧、戏剧演绎着这里的无穷魅力。这里，原本就是音乐的海洋……

在萨尔茨堡中心城区繁华的大街上，有一幢黄墙白窗的建筑，即为莫扎特故居。镶有莫扎特名字的墙面看起来略显陈旧，但是不管多么朴素沧桑，仍然抵挡不住莫扎特这个如雷贯耳的名字优雅地飘散在空气中，渗透在这里的每个角落……

城堡就坐落在老城区的僧侣山上，据说是世界上最美的十大古堡之一。远处望去，城堡犹如一位王者的桂冠，醒目而高贵！我们花了 8 欧元买票坐小火车上山，小火车像直奔高空的勇者，瞬间到达城堡入口。登上城堡的内庭，四周的围墙及平地成了游客们天然的观光台，站在这里，沐浴清风，俯瞰大地，可以纵览整个城区的全景，放眼远望，远处连绵起伏的阿尔卑斯山脉尽收眼底。我们继续拾级而上，感受最深的是这里君王建造的牢固的军事设施，遍布各处的岗哨仍然执着地守护着这座庄严的城堡，城堡内的军事博物馆格外吸引人驻足，这里陈列各种中世纪的兵器和盔甲以及各类刑具，不知怎么的，我的脑海中突然出现一位中世纪骑士，穿着密不透风的沉重的盔甲，从头到脚地防护着，任刀枪血雨，岿然不动的情景……

想象战争的场景总是那么令人窒息！我们赶紧走出城堡，堡外风和日丽，让人舒服至极，继续坐上小火车，感觉像坐滑梯一样极速滑下山。而后直奔到小店，欣然买了一瓶当地著名的"红牛"，一口喝下去，便觉得透心的爽快。比起城堡内的压抑，我更喜欢"红牛"的那股独特的味道。或许，心里总希望，喝尽的这瓶满满的"红牛"里，能充溢着莫扎特的音乐气息，让我带着浓浓的回味离开这座神奇的城堡……

欧游杂记七　宁静的哈尔施塔特小镇

　　雨后的哈尔施塔特小镇，更加秀丽动人。这是奥地利的一座美丽的湖边小镇，坚定不移的阿尔卑斯山，像一位痴情万年的王子，身披云氅，心怀坦荡，认真地守护着自己的情人——温柔的哈尔施塔特湖，彼此相融一种坚韧和柔软、缠绵而悱恻、绝世而独立！无数只白天鹅成了传递信息的天使，尽情地畅游于波光粼粼的湖水中，传递这对相依相恋的情人万般的柔情蜜意。多少人，用多少胸怀和灵感，才能书写出山对水的情意，水对山的柔情？自古以来，最让仁人志士们书写不尽的，永远是大自然这位圣灵所照射出来的值得人哲思的双面像：天与地、乐与声、伟大与渺小、宽阔与狭隘、灵与肉、悲与喜……

　　这里，始终洋溢一种被上帝宠坏了的静谧和幸福！

　　来到哈尔施塔特小镇的时候，感觉似曾相识，这座被联合国教科文组织评为世界文化遗产的小镇，它的一山一水像极了二十年前的我的家乡贵州思南小城的多处乡村景色，所以一到这里，就有种莫名的亲切感。据说中国曾花9.4亿美元在中国广东省的惠州，翻版一座一模一样的哈尔施塔特，但愿被复制到中国的不仅仅是建筑样式，还有这恬静安逸的氛围和人们微笑的神情里藏着的人与自然、人与人、人与社会的彼此尊重！

小镇的民宅是不错的景观。一幢幢充满个性的木质小屋错落有致地分布在山间湖畔，依山傍水的位置给每户居民以灵感，当地的居民为了表达自家的个性，他们就在自己居住的宅子的屋形、颜色以及窗台的绿植花卉上下功夫，每幢小屋看似相同，其实风格各异，人们的智慧让整个小镇弥漫着迷人的色彩和花香。由于临湖而居，所以这里每户人家还有自己的"私人船库"，专门停靠自家的交通工具——小木船。我们走在小镇的那条狭长的青石板街道上，一边欣赏湖光山色，一边感叹这里居民的聪慧。的确，这里的居民似乎个个都是艺术家，每家每户的木门半开着，仔细一看，里面展示着他们自制的麻线编的装饰品，众多风格独特的木雕艺术品……没有叫卖声，没有推销员，只有游客们欣赏的眼光。

我突然又回忆起我的家乡，如今，已经很难找到二十年前的那份宁静了，到处弥漫的是所谓的繁华，以及繁华后所捎带的浮躁……

哈尔施塔特小镇还有一处没有浮躁，只有敬畏的地方！那就是处于小镇中心的最显眼的圣米高教堂，这是一所著名的"骸骨教堂"。据当地人说，勤劳的哈尔施塔特人有一个奇怪的风俗，所有逝去的人在埋葬十年后骸骨都将被移出坟墓，放到教堂的骸骨馆里。为了区别，骸骨头上刻着死者的姓名和生卒年月，伟大的艺术家们还在每个头骨上彩绘出不同的图案，由此形成这里独特的文化价值，人的生命的意义也似乎被艺术化。怀着敬畏之情，我们决定瞻仰这一世界奇观。这是一处离教堂不远的洞穴，大概二十平方米，里面木质的架子上整齐地排列着一千多个色彩斑斓的头骨，最大的一个头骨，镶着一颗金牙，就在十字架的下方，守门人给我们一张中文版的介绍图纸，从这上面我们了解到这里被艺术化的骸骨头顶的光辉。头骨上彩绘的图案象征着不同的意义，玫瑰花象征爱情、橡树叶象征光荣、常春藤象征生命、月桂枝象征胜利……虽然这是在墓地，但是阳光和鲜花使得这里充满温馨，看着头顶绘着玫瑰的头骨，突然想起《红楼梦》里，黛玉葬花词里的"天尽头，何处有香丘"那种对生命与死亡意义的追寻，不管是眼前的玫瑰花环的头骨实体还是黛玉思维的遥远想象，我想，都应该是为了替美丽的个体生命开辟不同审美格局！东方与西方，对于死亡的态度，始终都保持共有的尊重和敬畏，不管是在另一个世界里延续后代的渴望，还是在同一世界里被人们敬仰追思，总之，万物皆有灵的话，他们最应该荫庇的，必定是尊重与敬畏他们的生命个体！况且在这样一个人杰地灵的山水之地，这些被后人追思的骸骨定是长期地庇佑着他们的后代子孙以及来瞻仰他们的人们，福泽万物，才让这里如此灵秀而祥和！

　　带着厚重的情怀，我们离开教堂，继续游历于湖畔，看白天鹅高傲地传递山与水的情书……

　　如果下次有机会，我一定会再来在这里多住几天，尽情享受这充满情意的湖泊、青青的草地、茂密的树林、清新的空气和童话般的一幢幢小木屋……

欧游杂记八 迷人的捷克小镇

百威小镇

来到捷克的百威小镇的时候，感觉空气中飘着啤酒的芳香。"百威"这个名字是德语 Budweiser 的音译，它的捷克名字叫布杰约维采，从 13 世纪起该地就以酿造啤酒而知名，是百威啤酒正宗的原产地，因此被称为百威小镇。这座迷人的中世纪老城里下午的天空异常干净，我们悠闲地来到小镇的中心广场，这座正方形广场是捷克最大的广场，广场中央二十多米高的塑像喷泉是捷克最高的喷泉，塑像顶部的大力士参孙格外引人注目，这位《圣经》中的犹太人士师，生于公元前 11 世纪的以色列，玛挪亚的儿子。传说参孙以上帝赐予的无穷大的力气，徒手击杀雄狮并只身与以色列的外敌腓力斯丁人争战周旋而著名。只见雕塑顶的参孙双手撑开被降服的狮子的上下颚，泉水从狮子口中直喷而出，站在广场仰望，便觉得这喷泉喷出来的不是水，而是一种力量。

中心广场四边的中世纪建筑更是风格各异，墙面色彩绚丽而又不失协调感。

我和同伴继续向前漫步,在街道上行走的仿佛只有我们两个人,狭长的马路上偶尔有几个骑着自行车的人路过,空气中到处都撒着两个字:清闲!来欧洲见得最多的就是街边的酒吧,酒吧外面的凉棚下,依然是欧洲最常见的风景 —— 坐着喝啤酒聊天的人们。不论男女,啤酒似乎成了交流感情的必备之物,难怪捷克的啤酒销量已经连续七年跃居世界榜首!我边走边想:捷克的百威啤酒,比起中国的青岛啤酒和哈尔滨黑啤,会如何呢?我不禁咽了咽口水,来这里,必须得喝啊!

晚饭时间,我们终于尝到了当地出名的烤鸭餐,喝到了垂涎已久的正宗百威啤酒,烤鸭味道独特,特别是配以酸甜的甘蓝菜和白白的切片馒头,口感更是独具风格。吃一口烤鸭,再轻抿一口百威啤酒,感觉到的不仅仅是浓郁的麦芽味道,更是这神圣罗马帝国时期被称作"国王的啤酒"的庄重和威严,还有那延续了一个多世纪的关于"百威"的商业争端以及那传统与现代的深度碰撞。

不知不觉,我居然喝下了一大杯,离开小镇的时候,依然能闻到空气中啤酒的芳香……

克鲁姆洛夫小镇

离开百威小镇,来到南波希米亚的世界最美小镇 —— 克鲁姆洛夫，"克鲁姆洛夫"的意思是"曲折的草地或水面旁的地方"。由于它的全称是 Cesky Krumlov，所以又被称作CK小镇。

对克鲁姆洛夫的迷恋来自世界流行多年的波希米亚风。波希米亚，原意本来是指豪放自由、以歌舞为生的吉卜赛人和视世俗如粪土的慵懒颓废的艺术家。但是如今，它代表一种引领时装界的潮流。无数人喜欢波希米亚风格所代表的那种浪漫风情化、民俗化、自由化的感觉。我一直很喜欢波希米亚服饰，不仅仅因为镶有流苏、褶皱以及大摆裙的飘逸，也不仅仅因为那种浓烈的色彩给人的视觉冲击力和神秘感受，更是因为穿上后的那种充满自由、热情与洒脱的韵味。这种感觉落在女人身上，也就成为一种奢华的另类、个性的高贵，穿上这种风格的一刹那，女人们便成了超凡脱俗、蔑视一切的自由自在的天使。所以，来到克鲁姆洛夫，是带着一颗自由的心而来，因为，这里就属于保存最完好的南波希米亚。

这座小镇的建筑美得令人窒息，橘红色的屋瓦，手绘的充满立体感的墙面，其魅力永远在于那种让你停不下来的对历史的追寻。维特克家族、罗热姆韦尔克家族、施瓦岑贝格家族……远眺古城，数不清有多少名门望族的千秋往事埋藏在这里，蜿蜒的伏尔塔瓦河环抱着这座古城，所有的震撼力和灵感都藏在那始于13世纪的历史脚印里。远方是无边无际的绿地，蜿蜒起伏的小河与河畔连成一片的橘红色屋顶，给人一种如梦如幻的境界。让人感觉似乎是走进一幅色彩凝重的油画中，小镇被伏尔塔河围绕称圆弧形，水流的动感和艳丽的色彩相融，仿佛一位穿着橘色舞裙的贵妇人在蓝天白云下高傲地跟着优美的旋律跳着动人的华尔兹，旋转的裙角舞出这个小镇的迷人风情……

我们沿着小桥向前走，这里比起百威小镇来要繁华得多，河边的小酒吧生意兴隆，各种小吃店铺里飘来阵阵诱人的比萨香味，人们坐在街边河畔的凉棚里谈笑风生。经过一座白色的保持着中世纪的风格的市政厅，是狭长而稍许繁华的街道，街道两旁出现许多小店铺，卖琥珀饰品居多。本想买点小东西，但我们的身上只有欧元，没有捷克币，而且完全听不懂捷克语，只能到能刷卡的地方购买。更为尴尬的是，为了上卫生间想用欧元换点零碎的捷克币，居然走了好几家店铺也没有换到，幸亏到了一家中国餐馆，才解了燃眉之急。这时候才感觉有中国人遍布在世界，是真好！

我们这个小镇收获颇丰，除了享受到精神上的波希米亚自由风之外，我们还购买到小时候就很喜欢的捷克动画片《鼹鼠的故事》里的小鼹鼠正版玩偶，更为惊喜的是，在这里的一家施华洛世奇专卖店，居然买到了我们从德国到奥地利一直在寻找的新上市的镂空天鹅项链和手镯，意外的惊喜！

而更大的喜悦，是离开小镇时5欧元2斤的樱桃的甘甜，我们买了10欧元樱桃，足足从上车吃到住宿的宾馆，幸福地享受那种把自己变成了实实在在的水果饕餮的过程，满足而又自豪。

欧游杂记九　艺术之城——布拉格

布拉格

人生如同谱写乐章。人在美感的引导下，把偶然的事件变成一个主题，然后记录在生命的乐章中。

——米兰·昆德拉《不能承受的生命之轻》

我对捷克的仰慕源于对文学王国的热爱。赫拉巴尔、卡夫卡、昆德拉、哈维尔、克里玛……众多的捷克作家，为世界留下了宝贵的文学财富。用克里玛的话说：布拉格是一个神秘的、令人兴奋的城市，有数十年甚至是几个世纪生活在一起的捷克、德语和犹太文化三种文化富有刺激性的混合，弥漫一种激发人们创造力的空气……

卡夫卡在布拉格

我们来到布拉格旧城的一个不大的公园里，这个公园被西班牙犹太会堂和基督教的圣灵教堂夹在中间，或许这也显现了布拉格信仰与文化的多样性吧。卡夫卡铜像就在公园里，这是布拉格人民为这位伟大的文学家在他诞生 120 周年的时候建成的。铜像出自捷克著名的雕塑家罗纳之手，高 3.75 米，表现的内容是卡夫卡骑在一个身材魁梧高大的正在前行的无头男子的肩膀上。据说这个创意来源于卡夫卡小说《一次战斗纪实》的内容：

"我异常熟练地跳到我朋友的肩上，用两只拳头击他的背部，使他小跑起来。可是他还是有点儿不情愿地用脚踩地，有时甚至停了下来，于是我多次用靴子戳他的肚子，以使他更加振作起来。我成功了……"

卡夫卡的确成功了，而且也成就了这座美丽的城市。

在这座城市的黄金小巷 22 号，是卡夫卡的故居。这对我有着无比大的吸引力，来到这条小巷的时候，感觉有些幽深，青石板的道路上人烟稀少，一侧的高墙使得小路显得更加凄冷，小路另一侧是一排低矮的小屋，卡夫卡所住的 22 号居所，如今已经被改造成了一家小书屋，进屋的时候，我得低头才能进入，难以想象有着欧洲血统的卡夫卡当年得把腰弯到什么程度才能进入。看到这样的环境，就不难想象当年卡夫卡在这里完成自己的作品的时候，所表现出来的那种文笔孤苦、冷清、诡异的卡夫卡风格了。幸好在20世纪中期维修过程中，这排低矮的小屋被刷成鲜艳的糖果色，如今看上去才稍显生机。但是我的脑海中，却始终映现出那在昏黄的灯光下，住在这条小巷中的贫民窟里的卡夫卡内心的那种寂寥和落寞，仿佛看到卡夫卡忧郁的眼神和他笔下的变形荒诞的世界以及那颗孤傲的灵魂……

这是一个充满奇幻和神秘色彩城市，难怪尼采说："当我想以一个词来表达音乐的时候，我找到了维也纳；当我想用一个词来表达神秘的时候，我只想到了布拉格。"

布拉格广场与查理大桥

彩绘的玻璃窗
装饰着哥特式教堂
一段流浪忧伤
顺着琴声方向看见
蔷薇依附十八世纪的油画上
……

蔡依林的《布拉格广场》唱出了多少人的梦，也唱出这里的建筑魅力。广场的中心是著名的杨·胡斯雕像，这位15世纪捷克宗教改革的先驱者，因为他对当时教皇以及教堂的权威提出挑战，最终被处以火刑。从而引发了教派之间的激烈斗争。广场上最引人注目的还有天文钟，位于市政厅大楼的下方，这个建于15世纪的时钟，钟盘上画着代表地球和天空的背景，有四个主要的圆盘，分别是黄道十二圆盘、老捷克时间表、太阳和月亮。在1870年的时候，一个日历盘增加在时钟下方。据说第二次世界大战的时候，这座钟几乎被纳粹主义的战火烧毁，1948年和1979年再次被修理，布拉格人非常重视时钟的运转，因为传说如果钟没有妥善保管维护，这个城市将会面临灾难……

离开布拉格广场走上查理大桥前，我们被桥下一家甜品店的超大冰激凌那浓浓的香味吸引住了，我们飞奔入店，只见烘焙师先做出一个热乎乎外焦里嫩的大面饼，然后在机器上卷成圆筒形状，最后再往里面添加满满的一筒冰激凌、果酱、巧克力酱。抵制不住诱惑，我们毅然买了两个，边走边吃，吃得异常有成就感。

查理大桥上的景象可以用热闹来形容，这座桥因奉查理四世之命建造而得名，是连接布拉格老城、小城和布拉格城堡的交通要道，也是当年君王加冕的御道之一，这座桥上最壮观的是30尊圣者的雕像，全部出自17世纪到18世纪的巴洛克艺术大师之手，每一尊雕塑都有着一个故事，被欧洲人称为"露天的巴洛克雕像美术馆"。路过的游人都会用手去触摸雕像，据说用心触摸，便会带给人一生幸福。谁也不愿意错过这么好的愿望，因此桥上最大的一尊雕像已经被触摸得油光发亮。桥右侧的第八尊，便是圣约翰雕像，只见他怀抱耶稣受难十字架，一手拿着金棕榈，表情凄婉，头上闪现出五颗星的金色光环，我驻足在前，脑海中浮现出圣约翰的故事：在1393年，圣约翰曾是国王瓦茨拉夫四世王后的忏悔牧师。国王因怀疑王后与别人有私情，便找到圣约翰，要求他说出王后在祷告时透露的隐私。但圣约翰恪守教规，拒绝国王的要求。国王恼羞成怒，命士兵将内伯穆克从查理大桥上扔进了河里……在传说中，圣约翰被河水淹没的一刹那，上方的天空中突然奇迹般出现了五颗闪烁的星星，似乎是要哀悼他的离去。从此，在捷克人眼中，圣约翰成了为保守秘密，保护美好情感而不惜牺牲生命的英雄。许多捷克人对圣约翰雕像顶礼膜拜，并把其看作幸运之神……走在查理大桥上，仿佛走进了宗教的世界，走进了故事的王国。

　　傍晚时分，我们又来到布拉格广场，此时的广场热闹非凡，旧式的马车穿梭在广场上，马蹄与青石板路碰撞出这个城市独特的音乐声，我们坐在广场的凉棚下一边喝着可乐，一边聊着圣约翰的故事……

　　如果有时间，我还会来布拉格常住一些时日，用敬仰的心情认真地品读这个充满故事的艺术之城。

欧游杂记十　多瑙河边的女神——维也纳

你多愁善感，你年轻，美丽，温顺好心肠

犹如矿中的金子闪闪发光

真情就在那儿苏醒

在多瑙河旁，美丽的蓝色多瑙河旁

香甜的鲜花吐露芬芳

抚慰我心中的阴影和创伤

不毛的灌木丛中花儿依然开放

夜莺歌喉啭

多瑙河旁，美丽的蓝色多瑙河旁

　　每次听到圆舞曲之王小约翰·施特劳斯《蓝色多瑙河》，脑海中都会浮现卡尔·贝克的这首美丽的诗中所描写的那悦人的画面，畅想香甜的鲜花吐露的芬芳和那苏醒的真情自由徜徉。于是，我来到美丽的蓝色多瑙河旁，聆听经典的旋律，悄悄与多瑙河女神完成一次心与心的对话，默默地把我儿时的梦想，转化成夜莺婉转的歌唱。

　　维也纳，这位"多瑙河边的女神"，到处撒播音乐的种子，萦绕艺术的气息。走在大街上，感觉街道上流动的都是美妙的音乐，卵石铺成的马路，穿梭在马路中间的马车被戴着礼帽、穿着短马甲的帅气的车夫驾驭着，马蹄与卵石马路撞击出清脆悦耳的声音，形成一种极具动感的旋律。

各种样式的古朴建筑和极具艺术性的雕塑与紧贴内城流淌的多瑙河，给无数音乐天才无穷的灵感！海顿、莫扎特、贝多芬、施特劳斯父子、舒伯特等许多世界级音乐奇才都在这里度过多年的音乐生涯，《费加罗的婚礼》《命运交响曲》《月光奏鸣曲》《蓝色多瑙河》等等无数享誉世界的著名乐曲都诞生于此。音乐家们的雕像矗立在许多公园和广场，成了这座音乐之都最显目的名片。

行走在维也纳大街上，当地人特别是男性的装束引起我的注意，许多商店门口，总会站着一位留着胡子，戴着礼帽，穿着白色衬衣套黑色马甲的帅气先生高昂着头很绅士地朝着你微笑，有时候会优雅地做出一种邀请的手势，似乎在告诉你有位皇族血统的绅士在邀请你进入。我们继续前行，感受这座美丽城市的独特魅力，一家奥地利出名的甜品店吸引了我们，著名的DEMEL VIENNE（猫之舌）巧克力就在这家店里，这是创始于1786年的奥地利皇室御用甜点品牌，虽然价格不菲，但我们还是买了几盒，拿在手里，不枉此行。

在巴伐利亚的时候，心中就装着茜茜公主，这位美丽而充满传奇色彩的奥地利王后，到奥地利后的生活是怎样的呢？带着一丝探寻，我们来到美泉宫，据说这里原来是一片开阔的绿地，有一次，马蒂亚斯皇帝狩猎于此，饮用泉水，心神爽快，于是便称此泉为"美丽泉"，后来玛丽亚·特利莎女王下令在此建造宫殿，便得名"美泉宫"。这里大多是重视雕刻的巴洛克建筑风格，宫殿内的房间众多，装饰豪华而典雅。最难得的是其中还包容东方的古典建筑特色，有镶有紫檀、黑檀、象牙的中国式房间和用泥金与涂漆装饰的日式房间，琳琅满目的室内摆设中，有来自中国的青瓷、明朝万历彩瓷大盘和措花花瓶，等等。宫殿后花园是经过特别修剪的，造型别致，林荫大道旁的44尊古希腊神话故事中的人物雕像尤为引人注目，典雅的宫殿、别致的花园，更让我想起了那位在这里生活过的巴伐利亚公主……

在这座巴洛克风格的建筑里，除了看到玛丽亚·特利莎女王辉煌的一生外，我更关注的是茜茜和弗兰茨·约瑟夫一世的坎坷情感经历。不到17岁的茜茜，曾经在巴伐利亚乡村无拘无束地度过自己的童年，一位崇尚自然，酷爱自由的女孩子，突然间就成了奥地利皇后，丈夫是受过严格宫廷教育、忙于政事的国王，美泉宫的一切之于茜茜，无疑是令她窒息的，婚后的茜茜一直在古板沉闷的哈布斯堡家族的宫廷生活中抑郁着，与宫廷规矩和严厉婆婆的格格不入，使得茜茜积郁成疾，后来女儿索菲的夭折，儿子鲁道夫的饮弹自杀，给茜茜的打击是难以想象的。受到巨大打击后的茜茜彻底醒悟了，她想逃离这桎梏一般的宫廷，于是，她离开皇宫四处旅游，她善于外交并促成与匈牙利的友好情谊，并且得到匈牙利人民的爱戴，不幸的是，游历期间在日内瓦遭到意大利无政府主义者暗杀。当弗兰茨得知茜茜的死讯的时候，他说出一句："她永远都不知道我有多爱她。"是啊，世界上有许多的爱是不为人知的！茜茜也许从来就没有注意过弗兰茨有多爱她！不知怎么的，在美泉宫看到这位国王简陋的居室的时候，心中充满了一种怜悯之情，一张窄小的行军床，一张放满文案的木质的书桌，一张简便的餐桌，就构成了这位俭朴的国王生活的全部。他的生活和思想是属于国家的，尽管他的心里深爱着茜茜，但是美丽单纯而活泼的茜茜却与他固定模式的思维格格不入，离他越来越远，直到离开这个人世……可想而知，这位国王所承受的，不仅仅是国务的烦琐，还有不能完全表达出来的爱和丧女、丧子、丧妻的悲痛……

　　高高在上的皇族尚且难逃悲伤的情感苦痛，何况是平民百姓呢？茜茜一生的行为语言或许回答了人的幸福似乎并非来自权贵、地位、金钱、功名，而是来自内心的自我彻悟吧。

　　离开美泉宫的时候有些沉重，但是维也纳有让人忘记苦恼和沉重的东西——音乐。

　　当踏入金色大厅的时候，一股音乐的崇高的魅力便带我进入另一个境界。特别是当乐团演奏到最后一曲《土耳其进行曲》的时候，潇洒的指挥带着全场沸腾的感觉令人无比难忘，此时此刻，让人感觉，自己就是一个音符，在音乐的海洋中自由地跳跃，直至热烈的掌声持续回荡在整个大厅。

　　哈布斯堡家族、玛丽亚·特利莎女王、弗兰茨和茜茜公主的故事，随着曼妙的音乐声，慢慢地注入我的回忆中。

　　我的心，又飞到多瑙河旁，那美丽的蓝色多瑙河旁……

回　音

　　茶余饭后，读一本好书，赏一首好曲，看一场好电影，对于我来说，都是最美的。我的思维会幻化成无数闪烁的星辰，跳跃到浩瀚的宇宙中，在无边无际中享受无数的交织和碰撞，最终传出一种微妙的声音，让我不由自主地拿起笔，记录下来，是思想，是感受，是愉悦，是无限延伸的情感……

读书：与思想者的对话

人类的寿命是有限的。假设能活到八十岁，那就是三万天。三万天算长还是短呢？在三万天里，我们到底能阅读多少本书呢？

您喜欢书吗？

我是喜欢书的。如果我不喜欢书，就没有资格讨论这个话题。对我来说，读书与运动，是我的两大爱好。运动强健我的体魄，读书丰富我的内心。但是人生永远是个逆反命题，当你没有条件时，有较多时间读书。现在条件好一点，读书的时间却没有以前多了。在我的阅读经历中，最难忘的要数高中时读《围城》那次。高中的全部课业围绕高考运转，无暇课外阅读，但是突然在同学间流传起《围城》来，大家争相抢读，为书中的经典语言快乐不已，回味无穷。

印象最深刻的是下面这些句子：

"天下只有两种人。比如一串葡萄到手，一种人挑最好的先吃，另一种人把最好的留在最后吃。按理说，第一种人应该乐观，因为他每吃一颗都是吃剩的葡萄里最好的；第二种应该悲观，因为他每吃一颗都是吃剩的葡萄里最坏的。不过事实上适得其反，因为第二种人还有希望，第一种人只有回忆。"

"每个人需要一面镜子，可以常常自照，知道自己是个什么东西。不过，能自知的人根本不用照镜子；不自知的东西，照了镜子也没有用。"

"不受教育的人，因为不识字，上人的当；受教育的人，因为识了字，上印刷品的当。"

"对于丑女人，细看是一种残忍，除非她是坏人，你要惩罚她。"

"医生也是屠夫的一种。"

《围城》中这样的经典句子，不胜枚举。像钱锺钟书这样的读书种子，几百年才出一个，所以，运用起语言与典故，真是手到擒来，得心应手。《围城》是一本可以反复阅读的经典书籍。

如果只能带一本书出行，您会选择哪一本？

与一些读书朋友刚接触交往时，喜欢问这个问题。在我认识的爱书人之中，有些人无论如何都答不上来，但答不上来也算是一种答案。

我的答案是：《论语》。为什么首选这本书？

　　我非常佩服孔子身在乱世，忧国忧民，救民于水火，解民于倒悬，时刻以天下为己任的心态与抱负。

　　春秋是个什么时代？借用孟子的话来说："今也制民之产，仰不足以事父母，俯不足以畜妻子……凶年饥岁，君之民，老弱转乎沟壑，壮者散而之四方者，几千人矣。"

　　在这样一个战乱，动荡的年代，身居下层而有心救世的，没有一人能和孔子相比。

　　连一个城门看守，都知道孔子是"知其不可而为之"，但是孔老师还是一副"虽千万人，吾往矣""当今之世，舍我其谁"的大无畏与坚持不懈风貌。

　　这种浩然情绪，一直影响着后世中国人。最出名的是，范仲淹："先天下之忧而忧，后天下之乐而乐。"顾炎武："天下兴亡，匹夫有责。"日本侵华后，5000多个河南学生仓促南逃，只有几本《古文观止》。每到休整时间，学生坐在地上跟着老师朗诵："曾日月之几何，而江山不可复识矣！"师生一齐痛哭。

　　整本《论语》，文学性极强，简单的话语中隐含着精深的道理。我读古籍，常常觉得漂亮的话、有思想的话、想说的话，都被古人说过了，思考过了，我们只需要去熟读就可以运用自如。

　　《论语》中，我最喜欢的两句话："三军可夺帅也，匹夫不可夺志也。""岁寒，然后知松柏之后凋也。"记得学生年代，同学们都能背上几句，如今仍然记忆犹新：

　　"为人谋而不忠乎，与朋友交而不信乎，传不习乎？"

"人而无信，不知其可也。"

"知之为知之，不知为不知，是知也。"

"其为人也，发愤忘食，乐以忘忧，不知老之将至。"

有人不禁要问：为什么孔子懂得那么多为人处世的道理，却依然过不好他的一生？我倒想强调，他的一生，很精彩！

孔子困在陈、蔡之间，没吃的，饿得很。可是老夫子在房间里弹琴唱歌，高兴得很。子路和子贡就不爽了：夫子到处碰壁，还这么浪歌浪舞。君子是可以这么不懂丢人的吗？颜回去告老师，孔子怒了，叹气道："这两小子真是小人！叫进来，我谈话！"

孔圣人是这样教训弟子的：

"你们说的什么话？君子在'道'上通达才是真发达，在'道'上没辙了才是真没辙。如今孔丘我行仁义之正道，遭变乱之世，正是得其所哉，这算什么绝境？遭遇危难，而不失德行。大冷天，冰霜雨雪，只有松柏还是繁茂的。齐桓公、晋文公、越王都在苦难中倒霉过，在陈蔡这里遭遇不幸，不就是我孔丘的幸事吗？！"

夫子的逻辑是：作为人，求仁得仁，求道得道，才是真成功。在乱世行仁义之道，倒霉才是正常的。

再直白一点：做人就是要行得端、立得正。倘若是在一个颠三倒四，追求跪着挣钱的时代，我这样站得笔直的正经人穷困，实在是太合适了！

孔子在意的是仁义，是道。世俗意义上的穷愁潦倒，他不是不在乎，但不是放在第一位的。这才叫黄钟大吕，万世师表的气派。

孔子也做过高官，如工业部部长（司空），公安部部长（司寇），干的时间都不长。但我认为，面对乱世，孔老夫子自有他的看法见识，所谓道不同、不相为谋，世道不容，那就回家去教书育人，整理古籍。借用孟子的话来说，老夫子是"非不能也，实不为也"，为虎作伥的事肯定不干。

孔子去郑国推销他的理念，人家把他休息的大树都砍了，表示驱赶，很是难堪。所以，他老人家也慨叹："我没有看到，爱好美德，如同爱好漂亮女人一样的。"

一个人四处碰壁，四面楚歌，怎么还能心安理得，自在舒展地活着？总得给自己一个理由，一个交代。孟子的解释是：达则兼济天下，穷则独善其身。

老子与庄子，有不同的回答。

如果让你选两本书出行，你还会选哪一本？

我选《庄子》。为什么次选《庄子》？

在先秦典籍当中，最会讲故事，文采最好，又极具思想性的，以庄子最牛。庄子的文章，随便挑一句出来，都能掷地有声。

我喜欢的几句：

"天地有大美而不言，四时有明法而不议，万物有成理而不说。"

"举世誉之而不加劝，举世非之而不加沮。"

放到今天来说，庄子绝对是段子手中最牛的一个。比如：

"郑国有个相面很灵验的人，叫季咸，能够占卜出人的生死存亡，祸福夭寿，所预言的年、月、日准确如神。郑国人见了他，都惊慌四逃，不敢与他碰头。"

庄子的政治理想，是小国寡民，清静无为。这不是消极，放到今天仍然还有现实意义。老庄的原意就是，小政府，大国民。政府不该管的，你不要管，管了也管不好。

其实，国家的管理跟市场经济有共同之处。市场经济最有效的资源配置方式就是价格。让价格这个看不见的手自行调节，经济自然能健康运行。管多了就管死了，经济也就不行了。国家也一样，你这也管那也管，哪样都管不好，成本非常高。

按老庄的观念管国家，那叫一个轻松，所以老子说："治大国，如烹小鲜。"

我们读庄子，还要学习庄子的人生观，看透功名与生死。

庄子的《逍遥游》，就是讲一个人当冲破功、名、利、禄、权、势、尊、位的束缚，而使精神活动臻于悠游自在，无挂无碍的境地。在庄子看来，人们所看重的，是富有、高贵、长寿和名声；所喜欢的，是身体安适、食品丰盛、服饰漂亮、色彩绚丽、声音动听。但是，如果超出人的必须需求，而去过度追求，只会适得其反，富人并不一定比穷人快乐。

大泽里有只野鸡，五步一啄，十步一饮，辛苦一天才能吃饱，但是羽毛光滑，声音嘹亮。你把它收养圈仓，很快就吃饱了，但是羽毛憔悴，志气益下，低头不鸣。并不是食物不好，而是它不得其志，不自在。

猫头鹰拾得一只死老鼠，见神鸟飞过，以为要夺它的腐肉，便仰头叫嚣不停。猫头鹰不知道，神鸟非梧桐不栖，非竹实不食，非醴泉不饮，你的臭老鼠，人家不稀罕啦。

庄子的老婆死了，庄子鼓盆而歌。周围的人都看不下去了，说他没有良心。他说你们其实不懂，人生百年，如白驹过隙，快得很。生命从无到有，又从有到无，这就跟春夏秋冬四季运行一样。死去的那个人，安安稳稳地寝卧在天地之间，而我却呜呜地哭泣，这是不通天命。人死了，是解脱了人世一切的烦恼与痛苦，是解其天弢，堕其天袭。

我们当然鼓励个人积极进取，把自己的日子过好。但是每个人的家境、经历、禀赋、机遇都不一样，如果一定要求每个人都去追求成功，追求飞黄腾达，不到黄河心不死，不可能也做不到。如果一个环境评价人成功与否，只有财富和功名作为标准，是有问题的。

还是得肯定每个人的差别与不同，能做领袖的去做领袖，甘愿当平头百姓的，也要无可厚非。再说，再成功的人，也可能遇到各种挫折与困难。

那么，庄子告诉你，你其实并不需要那么多，只要顺遂本性，适可而止，就是至乐。所以庄子说，你的修为达到了，万物都伤害不到你：大浸稽天而不溺，大旱金石流、土山焦而不热。

庄子的思想深深地影响了后世中国人，汉代辞赋，魏晋高士，唐朝诗人，全从庄子来。嵇康，李白，苏轼，全是庄

076

子思想，一直到曹雪芹、鲁迅、林语堂。

《红楼梦》第一回中有首《好了歌》：

世人都晓神仙好，唯有功名忘不了！古今将相在何方？荒冢一堆草没了。

世人都晓神仙好，只有金银忘不了！终朝只恨聚无多，及到多时眼闭了。

世人都晓神仙好，只有娇妻忘不了！君生日日说恩情，君死又随人去了。

世人都晓神仙好，只有儿孙忘不了。痴心父母古来多，孝顺儿孙谁见了。

《红楼梦》中还有一句话：纵有千年铁门槛，终须一个土馒头。过去，富贵人家才有钱用铁门槛。但是，不管你铁门槛、木门槛，甚至没门槛，人死了还不都是土馒头一个。

即使是孔子，在他最失意时，也对子路说："道不行，乘桴浮于海。"意思是，我们提倡的，行不通，那就"白发渔樵江渚上，惯看秋月春风"吧。

有一天，孔子要四个弟子各自说下自己的志向。子路说，三年治好一个国家。子求说，能当好一个县长。子华说，胜任宗庙祭祀工作。曾皙都不好意思说出来，说与他们三个不同：

暮春者，春服既成，冠者五六人，童子六七人，浴乎沂，风乎舞雩，咏而归。

夫子喟然叹曰："吾与点也。"

春夏之交，哥们兄弟几个，去洗洗澡，吹吹风，然后唱着歌回家。孔子他老人家大半生追求国家理想，但是打动他内心的，竟是这样平民朴实、无忧无虑的生活。中国人中写诗写得最有境界的是陶渊明，就深受老庄影响。桃花源是千百年来，中国读书人心目中最美好的理想。

书是什么？

我认为，书是社会之窗、心灵之镜。通过读书，与历史上最优秀、最聪明的头脑碰撞、对话，从而丰富自己的内心，没有比这个更一本万利的事了。

书会让我们意识到，原本以为是"自己特有的"感情和经验，实际上是很稀松平常的东西，别人思考的比我们更全面，更深刻。

书仅仅是书，是"物"。但书一旦与人们的生命相逢，便会化身为无数的钥匙。像魔法一样，这些钥匙会制造契机，从而开启人生中的很多扇门。拿起这些钥匙打开人生之门的，是我们自己，书不会为我们做什么。就算读了书，现实世界也不会随之改变。

读减肥书籍，人不会变瘦；读致富学的书，银行里的存款也不会增加；就算读过名厨写的食谱，做出来的菜仍然难吃。改变的只有我们的心。但我们常常是从心出发的。我们会拿起通过阅读得到的钥匙，满怀希望地前去开启下一扇门。

在现实世界里买房子不容易，但是在精神世界里，一个人可以有无穷的潜力去开发自己的大房子，并掌握一把把开启人生智慧的钥匙。

武汉大学的哲学系教授赵林老师说，人身上天生具有两个东西：一个是神性，一个是兽性。神性，努力把人向上拉升，超拔。兽性，拼命把人向下拉拽，堕落。孟子的"人之异于禽兽者几希"，就是说人与动物不同的地方很少，只有少数人才能保存这微小的不同。

罗素回答人"为什么而活着"时，说有三个纯粹而激烈的激情支配了他的一生：对爱情的渴望，对知识的追求，对人类苦难不可遏制的同情心。

这些话，其实是说，人生的智慧、美德与经验，都可以通过读书获得，并升华。

当然，除了读书，读朋友，读世相，读人心，都能丰富自己，舒展人生。读书只是其中一种较好的方式。

"图书馆是墓地唯一的竞争对手。"这句话摘自《为什么读书》这本书。我们人类的生命是有限的，明天只会不断地减少，而昨天会不断地增加。"书卷多情似故人"，还有许多"故人"孤独地等待它们的知己，渴望共步进入精神的殿堂。

所以，闲暇，何不去图书馆、书店坐坐？

沈从文说："我行过许多地方的桥，看过许多次数的云，喝过许多种类的酒，却只爱过一个正当最好年龄的人。"

我相信他在爱这个人之前，一定读了很多的书，所以才能写出如此经典的情话。收到这句情话的女生，他第一次上课时，就坐在台下听他的课，她的名字是——张兆和。

有爱作品里的情感温度

女儿回家，邀我一起看电影《边城》，并告诉我语文老师的要求：家长和孩子一起探讨"爱情"的话题。看着孩子严肃认真的样子，我不禁回忆起高中时候的自己，那是20世纪90年代，当高考成为那个时代的大多数学子改变命运的主要渠道的时候，在那个最美的年华所萌发的那些朦胧的情愫，似乎被某种无形的思想束缚着，同龄人大多三缄其口，老师也不准学生随意妄言。直到许多年后才知道，那是人生中多么难以忘怀的芳华！我不禁庆幸女儿能遇到这么一位开明而智慧的语文教师！

陪着孩子看电影《边城》，看美丽纯真的留着长辫子的姑娘翠翠在湘西那美丽的边城蕴藏着的爱情故事，清澈干净的水，充满灵气的人，和谐温暖的人际关系，注定，这是一个干干净净不受污染的世界，我和女儿轻松地探讨着傩送和翠翠的爱情……

与20世纪不一样的是，21世纪的今天，爱情主题教育，已经坦然地走进了高中的语文课堂。情窦初开的少男少女们，在花季的年龄会萌生懵懵懂懂的情感，这是他们内心世界神圣而私密的净土，倘若不正确引导，也有可能让他们内心美丽的枝叶伸向泥泞。如何让孩子们理解爱情的真正内涵，教师和家长肩上所担负的重责不言而喻，我想，这就是孩子的语文老师要求家长和孩子一起讨论爱情话题的初衷吧！

正如苏霍姆林斯基说："不是你所有的学生都会成为工程师、医生、科学家和艺术家，可是所有人都要成为父亲、母亲、丈夫和妻子。"而父母、夫妻之间最紧密的纽带，则是爱与情！爱情是文学的永恒话题，从爱情诗歌的源头《诗经》开始，爱情文学已经走过了两千多年的历史，留下了无数动人心弦、荡气回肠的爱情故事。爱情文学，也成为高中生情感教育的瑰宝。

回忆我自己的高中时代，我很遗憾，虽然身在文科班，却完全想不起语文老师是否讲解过教材里那些感人至深的内容，也回忆不起语文老师的样子。只记得每次语文考试成绩分数都不低，仅此而已！我想语文老师也一定不记得有我这样一个完全不记得他的学生了。相反我却记得我的小学语文老师，名字、相貌都很多次清晰地出现在我的梦里。我想多年来我对文学的喜爱，正是源于这位老师，记得老师姓朱，是从三年级一直教我到小学毕业的语文老师。她爱讲故事，灰姑娘、豌豆公主、拇指姑娘这些人物都是从她那里听来的，并且在心田扎下了根。我沉浸在那些故事中，幻想、憧憬、神往……我从小学三年级，便爱上了写作。

　　我还记得朱老师第一次在全班读我写的文章的题目叫作《我的一双红皮鞋》，写的是爸爸给我买了一双新的红色皮鞋，一天下雨不小心弄脏了，我内心无比伤心和落寞的事情。回想起来，这件事情已经过去三十多年了，我却记得如此清晰。从幼小时候的我开始，内心是一直心存感激的，几乎每次作文，都能作为范文被阅读。可能朱老师自己也不知道，她的一次次鼓励，培养了一个小女孩持续一生的爱好，终身受益！

　　我很遗憾我对自己高中时代语文课程爱情题材的学习脑海里几乎一片空白！因为那时候大部分同学们对"爱情"话题不但敬而远之，甚至把其归为"充满罪恶"的范畴。而高中语文教材里的爱情题材，原本是美丽得令人落泪的，有戴望舒的《雨巷》中"我"对丁香一样的结着愁怨的姑娘的朦胧情愫和那在追逐理想过程中的彷徨与迷茫！有《氓》里面女子经历了婚前热恋期、婚后氓二三其德，最终对氓心灰意冷的情感历程；有《孔雀东南飞》中焦仲卿和刘兰芝相爱却不能相守，最终双双殉情以示坚贞的爱情悲剧；有《涉江采芙蓉》中痴情的主人公在美丽的芙蓉花面前所升起的"采之欲遗谁，所思在远道"的相思情怀！有《林黛玉进贾府》中宝玉和黛玉初见时那似曾相识的木石前盟……这些伟大而深情的作品中，蕴藏时代背景下不同的爱情观，如果以审美的理念来完成欣赏与思考，在品味婚恋类题材作品的过程中养成审美意识、道德意识和责任意识，在学习千古流传的爱情佳作的同时做到知其情、品其味、达其志，在价值观初步养成的高中时代，是必定会获得这世间最有价值的情感瑰宝的。

　　那些有爱的作品，其文字间所迸发出来的情感温度，本应该激发正处青春年华的学生们对美的共性的追求，而我却胜利地保持了这段最美年华里的完全空白，想想，也是遗憾终生的事情啦！

有趣的理解与表达

一日，某单位职工群里综合科科长发了一则简单消息，内容为："接上级通知，请各位职工核查近 14 天内，本人或家属有无以下地区旅居史，如有请务必于明天上午 11 点前报给我。"后面附了相关地区名称。消息发出后马上有人群里秒回："无"。后面接下来几十人也相继群内回复"无"。

这则通知的中心意思一目了然，其中关键词有："核查""报"。那么，马上回复"无"，是否对通知内容理解准确？从汉语的言内性质来讲，不够准确。

我们来仔细分析一下该通知的语义表达。近 14 天，应该是以颁发通知当天为截止日之前的 14 天。也就是说，通知的字面意义应该是：核查截止通知发出之日前 14 天本人或者家属是否有去相关地区的旅居史。如果有，相关情况必须在明天 11 点前回复。发布者表达的语意相对明确。本人或家属是否在 14 日内有相关地区旅居史，这个大部分人应该非常清楚，把核查的过程缩短，果断判断出"无"，可以理解。那么，关键是如果"无"，是否必须要在群内公开回复？我们来看通知的最后一句话，明确了回复的内容限制和时间限制以及汇报对象限制，即"如果有""明天上午 11 点前""我"。那么，在群里公开回复"无"就并不符合语义要求。正确的理解应该是有旅居史的人在指定时间段内上报给指定人员。

但是为什么有那么多人迅速地在群内公开回复"无"呢？这里得从语言环境分析。特殊时期，大家对重大事件都极度关心。职工群里发的通知，公开回答"无"的另外一层含义，其实有"知晓""收到""在认真做这件事"的意思。在一个团体内接到一个通知后，及时回复比无回应更能激发内容本身的重要性和对发布者的尊重。所以在这样的语言环境下，大家迅速回复，言外便可以看出这个团体成员对待这件事情的重视程度，大量及时地回复，表现出团体的凝聚力和素养，无疑是件好事情。同时也是语言延伸出来的多重意识的体现。

由此，我们可以看出汉语的语用学理论的强大力量。它让我们的言语行为，产生出言内效果、言外效果以及言后效果，融入关联理论、会话含义、言语行为理论、合作原则、礼貌原则等多方面多层次元素，逐渐成为语言学、哲学和心理学的一个分支领域，不可小觑。

前几日女儿问我："妈妈，海底捞开门了没有？"这句话言内之意很明显，我只需回答"开门"或则"没开门"。但是仔细揣度，言外之意便是在表达她思念海底捞的味道了。最后期待的效果无疑是："去海底捞吃火锅。"

正如英国语言哲学家奥斯丁所说："语言是人的一种特异的行为方式！"博大精深的人类语言，包含的又何止是语言本身的那点事呢？

用虔诚轻轻叩响诗歌的大门

如今，各种各样的诗正在花枝招展地起舞，各门各派的诗人比比皆是。可是，诗歌的大门，却始终严厉地拒绝一大部分人，尽管，他们自认为在用诗歌的语言为那伟大的事业高歌，呐喊！

古希腊哲学家德谟克里特认为：没有心灵的火焰，没有一种疯狂式的灵感，就不能成为诗人。

我也爱写诗，却很畏惧别人叫我诗人，因为"诗人"在我心中，是神圣而伟大的称呼。况且偶尔写诗，也仅限于那些能与心灵碰撞的时刻。只有那个时候，我才会进入另外一个世界，我暗自称其为灵界。那是一个失去平常的理智而极端迷狂的世界。在那里能见到神秘且唯美的家园，这个家园里有狂飙闪电式的火热情感，能产生一种令身心震撼的力量，让我能够自由地翱翔于无边际的审美境界，看到雪域高峰上那最圣洁的光亮。这个境界里的东西，不需要任何枷锁和评判，它们只属于自己的灵魂。

雨果曾说诗歌除了感情之外几乎不属于任何东西。如果有人去审视诗歌的科学性、条理性抑或政治性，那就犹如黑色的土地因嫉妒那些风中翩翩起舞的雪花的自由与潇洒，要把洁白变成与自己一样的颜色一般。

真正的诗人的伟大，就正如拜伦的激情，犹如一阵狂风，如果不畅怀倾吐，便会发疯；也犹如彭斯心中魔鬼般的炽热，如果不从韵律的通道倾泻出去变成诗歌，自己的内心便不得安宁。写诗，是一种让自己身心愉悦的情感体验，如果没有这样的体验，仅是想表达戴着枷锁填字的感受，还是不要写诗的好。

所以，我认为诗人这个称呼，是圣洁而庄严的。

真正的诗人，是痴狂的，因为，每一首诗，都是在与灵魂接吻。如海子心中的春暖花开，亦如顾城那双黑色的眼睛。诗人对诗歌的感情，正如塞浦路斯国王皮格马利翁与自己的象牙少女雕塑的感情，那是把全部的精力、全部的热情、全部的爱恋都赋予自己的作品的痴情，这种痴情甚至会感动爱神，让作品赢得永恒的生命，成为自己永远的爱人。如果没有这样的炽热与爱恋，仅把诗歌作为获得功利的工具，而且还自豪地把诗人的桂冠戴在伪装者的头上，实在是太难堪了。仔细想想，有着各种杂念的人，又怎能承载得了那份属于诗歌本身的厚重呢？

所以，我读诗，更喜欢读那些灵性语言中独具的情感空间，这种空间，源于作者的情感赋予。连《红楼梦》中丫头香菱都知道："诗的好处，有口里说不出来的意思，想去却是逼真的。有似乎无理的，想去竟是有情有理的。"哪怕同是霜叶，高歌"霜叶红于二月花"的杜牧赋予的情感，与白居易的"醉貌如霜叶，虽红不是春"的情感完全不同。在诗歌的世界里，没有科学的逻辑和存在，只有"以我观物，物皆着我之色"的自在罢了。所以，那种本身就具备超越性的美，又怎么能扣上一顶相同尺寸的帽子呢？

　　如果爱诗，就用虔诚去轻轻叩响诗歌的大门吧！如果读诗，就抛却一切恶意认真地去读有灵魂的诗吧！

　　如果一个人把诗当作自己的生命和灵魂，如果一个人能在诗歌中重生，获得属于心灵深处的自我价值，那么，这个人，一定是我爱而敬仰的诗人。

逃离他人的地狱

"他人即地狱",这句经典来自哲学家萨特的一部叫作《密室》的戏剧。在萨特的《密室》中,讲三个罪恶的鬼魂,被狱卒放到一个禁闭的屋子中,无法知道自己的外貌和状态,屋子里没有任何可以看清自己的物品,每个想要看清自己的鬼魂只能依靠另外两位的说明才能知道自己的模样和状态。然而,由于三个罪恶的鬼魂彼此各有心事和各有罪恶,于是他们想要从别人身上看到真实的自己,也想在别人面前表现自己想表现的那个自己。于是他们相互无休止地撕扯、对抗、争闹,因为谁也无法离开,谁也无法死去,谁也无法获得更多……

很多时候,生活在尘世中的我们,是否也做过别人的地狱?或者,别人成为你的地狱?

当你正兴致勃勃地跟朋友谈论自己新购买的小饰品是多么可爱的时候,突然来一个人爆出一句:这个款式,早就过时了,你怎么还买?此时的他,便成了你的地狱。

当你正津津有味地品尝自己喜欢的卤鸡腿的时候,突然走来一个善心人友好地提醒你:别吃了,这鸡腿有激素,吃完发胖的。善心人,此刻便成了你的地狱。

当你想晒晒自己的小幸福，拍一张美美的自己告诉给朋友的时候，朋友突然来一句：别晒了，能晒出来的都不叫幸福。此刻的朋友，便成了你的地狱。

当你幸福地享受自己的单身生活，沉浸于快乐当中的时候，总会有那么几个三姑六婆关切地问：男朋友哪里的啊？什么时候结婚啊？此刻，那些三姑六婆也就成了你的地狱。

生活中有这样的人，你跟他聊运动，他会说运动伤身；你跟他聊美食，他会说美食有害健康；你跟他聊旅游，他会说旅游就是瞎凑热闹；你跟他聊理想，他说一切都是浮云……

总之，有一些人，非常乐意做别人的地狱，而且以此为乐，以此来寻找那个想象中的自己，就正如萨特笔下的那几个内心充满嫉妒、仇恨、恶意的鬼魂。

而当你不能够很好地处理这种貌似关心的关系的时候，自己就得承担地狱之苦。萨特剧中的三个角色都是罪恶的鬼魂，都是败坏与他人关系的罪魁祸首，生前都给他人造成过痛苦。萨特塑造三个已死的"死活人"，无疑是要点醒许多在世的"活死人"来认清这个真理。

如果你不能正确对待他人对你的判断，那么他人的判断就是你的地狱。他人的判断固然重要，但也只能参考，不能依赖，不可看作最高裁决，更不是自己行为的最终目的。凡过度追求他人对自己赞美的人，必定陷入自身的精神苦痛的囹圄中。

如果你不能正确对待自己，那么你也就会成为自己人生的地狱。萨特的人学观认为，客观世界中他人的存在和自己的旧习直接制约着人的生存和活动，人死之后还念念不忘他人对自己的议论，这也正是萨特存在主义思想的表现。《密室》提出这一问题，其深层意蕴正在这里。

分析一下《密室》剧中的几个小鬼：艾丝黛尔不动脑筋不思考，只追求动物本能般的直感享乐，不能严肃对待自己，也不去改变自己，所以走上犯罪道路，落入了自己的地狱；伊内斯有思考能力，却被同性恋的情欲引入歧途，明明知道自己很坏，还要一意孤行，步入作恶的深渊。她从不能正确对待自己开始，以与别人共同毁灭告终，也落入了自己为自己制造的精神地狱之中；加尔散既不能在事前正确选择，又不敢在事后面对事实，为自己的行为负责，还要以他人的判断为准绳来确定自己的价值，也落入了自设的陷阱之中不能自拔。他们正如叔本华说的那些"关在攻不破的城堡里的疯子"。

萨特的存在主义哲学思想源于海德格尔，海德格尔提出人与世界的关系是：人是社会上孤独的存在者。海德格尔特意用"畏死"来说明：我们在畏惧死亡的时候就会深切地体会到，我们的存在都是自己的事，谁也替代不了。在这个意义上，人人都是"自由"的，人永远属于自己。

萨特在《密室》中说："不管我们处于何种地狱般的环境中，我们都有自由去打碎它。"我们在现实中常常身不由己，这个阻碍就是"他人"的目光。"他人"的目光是可怕的，它肆无忌惮地干预我们的选择，使我们在选择的时候犹豫不决，甚至被迫做出我们本不希望的选择。

不做他人的地狱，同时又能够打碎他人设置的地狱，便是获得了一种超然的存在。

《驴得水》：撕开那些伪装的面具

看完《驴得水》这部电影很长时间了，一直想写点什么，但是又犹豫没有落笔，电影被多数人定义为喜剧，但是却让人笑不起来。我更愿意把它看作是一把解剖人性的手术刀，随着荒诞剧情的一步一步深入，隐藏在善良、真实、贫穷、尊严之下的卑劣、虚伪、丑陋、种种扭曲人性的真相被慢慢地显现出来，令人扼腕，令人痛心。

影片开篇是在一个充满生机、满山绿意盎然的环境中，一群有志之人，希望为这个伟大世界付出自己的一份力，无私地来到偏远地区支教。丰满的理想，美好的愿景，让人看到希望，看到一群为理想、为教育奋斗的人的无私、大爱……

然而随着剧情的发展，一个一个正人君子模样的人撕开面具，丑陋的嘴脸简直让人无法直视。

回音

一

　　其中最可怕的人物是铜匠，影片剧本是这样描写铜匠：
"他的脸脏得都看不出长相了，他穿着脏兮兮的围裙，戴着
手套，手里拿着铁锤，身上背着水壶。铜匠说一种不太容易
让人听懂的方言。"铜匠，浓缩那个时代存在的那部分小人
物形象。贫穷、落魄、粗鄙是以铜匠为代表的人群的典型特
征，他们生活在社会的下层，他们时常受到人们的歧视，他
们活得没有尊严、没有自我，他们愚昧而迷信、自卑而敏感。
在剧中被风情的张一曼"睡服"一晚，便开启他另一个宇宙
的门阀，让他有了欲望，仿佛突然获得深度觉醒，明白人活
在世界上还应该有个"我"的存在，张一曼同情地送给他一
束头发，让他突然意识到原来这个世界上还有美好的爱情，
他的世界里被照进来一束阳光，甚至完全忘记了现实，处于
迷幻的自我世界里。然而，当他明白自己仅是张一曼眼中的
一头牲口的时候，人性中最卑劣的丑陋便展现出来，藏在内
心深处的那股被自卑压制很久的"恶"便一下子爆发出来，他
开始了一系列对张一曼的报复行为，直到毁掉张一曼，最终成
为穿着貂皮大衣的可怕小丑。这不得不让我们思考，现实中类
似于铜匠这样的小人物是不可小觑的，他们被同情的时候是弱
者，但是他们不能得罪，当他们内心的恶膨胀的时候，他们对

社会的愤怒，对众人的愤怒便会全部化作报复性的恶意，把真实的最卑劣的灵魂完全地裸露出来，直至毁灭一切……

二

片中另一个悲剧性的人物是周铁男，在影片前半部的时候给人的感觉是一个充满正义的纯爷们形象，可是当危及性命的一声枪响，便把他吓回了原形。一个用表象的火爆脾气来掩饰自己懦弱内心的人，被枪声打碎伪装的时候，他变成没有外壳的弱者，显得真实而令人心酸，即使是在张一曼要被强暴和欺辱的时候也只能抱着脑袋蜷缩在角落里，蒙着眼睛逃避。之前把张一曼看作是一起奋斗的同事、朋友，然而在强势面前，他选择了逃避、选择诌媚，但他从来不认为自己猥琐，仍然用"自己是在有智慧地应对事情"来强加解释自己的行为。

这种令人痛心的悲情人物形象，在现实社会中数不胜数。诸如现实中的一些看似充满勇敢、面带权威甚至时常以自己崇高理想去教育他人的所谓正义人物，他们习惯用外表的严肃、认真来掩盖内心的龌龊，当被触及自己的利益或者生命的事件一吓，从此便活成了一条虫，内心的逃避是这部分人选择的理想之路，然而在公共场合，或许他们还在维护着表面的权威，还在对着比自己弱势的人群吼叫，以此来掩盖自己的怯懦。这部分"章鱼型"人物，永远蜷缩着内心，伪装着外形。

三

　　片中唯一令人敬佩的女性张一曼，一位追求自由却陷入道德困境的女性，类似于雨果笔下的爱斯梅拉达，亦如莫泊桑笔下的羊脂球，表面看像一朵恶之花，其实内心充满善良和美好。在她的心中，自由高于一切，活得真实善良是她们最高的境界追求。但是这样的人物活在现实中也是极其可悲的，环境和别有用心的人会用世俗、道德伦理来撕扯她们。张一曼也是本片唯一死的人，在经历了一系列闹剧悲剧之后，张一曼决然地选择了死亡。本片的所有人，都可以回归到看似正常的生活轨道，只有张一曼不能。她清楚地知道自己想要自由，但其实她从来就没有自由过，她开放的观念是不被社会认可的，精神的桎梏最终让她发疯，一生追求的自由便成了她发疯时候对着遍地野花的灿烂笑容和她对自己一头鬈发的挚爱……然而最终的悲剧是，她的自由是用她的凄惨和生命来交换的，当她捡起手枪的时候，她的宇宙便升华成虚无，她彻底放弃了这个物质世界，去寻找绝对的自由，在另外一个精神世界里。

四

　　影片中另外几个人物，校长、裴魁山、孙佳，也各有特色。校长是一个塑造得极其成功的人物，他为了自己的教育梦想，营造一个伟大的谎言，最终让所有人成为编织谎言的罗网的丝线，为了自己的目的，不惜牺牲一切。在校长的世界里，梦想就像是魔鬼一样恐怖，最终使他丧失了善的执念，用别人成全了自己；裴魁山是贪欲时代的极度代表，但是内心又充满着自卑，爱的缺失导致他本性的败露，丑陋自私是他的典型特征，他夏天穿貂绒大衣来彰显自己的强大，他用最肮脏的词语去辱骂自己曾经爱过的张一曼，他趋炎附势、活成走狗。然而，整个电影中，活得最滋润的，就是他了。孙佳是个单纯的形象，她内心充满对真理、自由的向往，但是剧情一步步把她心中的真善美恶意地毁灭掉。曾经勇敢而信誓旦旦爱她的周铁男在强权面前变成了懦夫，曾经正义而慈爱的父亲为了自己的利益让她与铜匠结婚骗取捐助……在所有人因为利益，因为恐惧，因为缺失而不断妥协不择手段时，只有单纯地拥有真善美的她变成了众人的敌人。她从来没有想到恶的力量是如此的强大，弱弱小小的她只能一步一步地去牺牲自己，最终变成了谎言的帮凶，眼神也由清澈变得绝望……影片中还有代表着特权的特派员，他贪腐，不学无术却身居高位，欺压弱者，中饱私囊是其本质特色……

五

　　影片的结尾，有如鲁迅为夏瑜坟头加上一圈白花一样，似乎让观众依稀看到希望：人性丑陋泛滥的时代，一定有新生的力量来把人们引向希望的田野，让人们去寻找明媚的阳光和肥沃的土壤……

　　"讲个笑话给你听，你可别哭！"这是电影《驴得水》的宣传语。

《你好，李焕英》：
请别拿善良和缺陷来做笑点

去看电影《你好，李焕英》，是抱有很高的期望值的。看前就听说这是以逝去母亲为题材，触碰人内心情感的一部佳作。网上也是一片赞美之声，就连许多官媒也好评了！

于是，我带着老母亲，欣然前往。影片不乏精彩之处，诸如"她不仅仅是我的妈妈，她还是她自己。""打我有记忆起，妈妈就是个中年妇女的样子。所以我总忘记，妈妈曾经也是个花季少女。""你发现没有，人只要有一种不服输的精神，就会有光彩。"这样的台词，的确意味深远，值得细品，也为影片增添了不少光彩。

然而看完，我对于影片前面占一大半的笑点，不得不如实地说，我没办法笑。暂且抛开那些吃了豆子憋气拉屎、舞台上拉下长裤露红色线裤的低俗情节不说。有两处，我想必须得评价一下，因为这两处情节，当我听到电影院里有孩子笑声的时候，便多了几分担忧、恐惧。担忧的是孩子们生活中也会去嘲笑别人的缺陷；恐惧的是，这样的情节被放在一个获得好评的电影里，价值观和审美观的扭曲如此严重。

　　第一处细节，是贾晓玲假装盲人帮母亲骗回一台电视机。贾玲的确有扮演喜剧角色的天赋，可是当她用夸张的神情扮演一位盲人以骗取同情来达到目的的时候，我不知道为何场下会有一片欢笑声，至于为什么会笑，可能是因为喜剧演员演得到位，但是这真的很好笑吗？我觉得，不仅不好笑，反而让人感觉到把这样的情节搬上荧幕，是不以为耻的一种行为。那是 20 世纪 80 年代，人们的精神状态写满了奋进和激情。那也是值得赞赏的年代，社会的底色还没有被过多的渲染，基本还处于质朴的黑白状态。然而把这样的淳朴恶搞成笑点，的确让人感到不适。台下坐着我的母亲，我居然发现母亲也是一脸严肃，并没有笑，从严肃中我也看到这一代人对时代的尊重，对淳朴与善良的人性的尊重。

　　第二处细节，是贾晓玲母亲工厂里女排比赛的时候，把那位秃顶的女排成员安排在笑点上，更让人感觉到恶俗。情节中不仅看球赛的观众在那位队员的假发被贾晓玲一球打掉后狂笑不止，电影院里也传来爽朗的笑声。而且在这位队员抱头下场后，还没完，再安排她戴个帽子上场，接着再来一阵风，把帽子吹掉，再次暴露缺陷，女孩再次狼狈逃窜，夸张的动作和表情，再次换来笑声……

　　这世界有种笑声，笑得人直打寒战。如果，我们可以把别人的善良和缺陷丑化为笑点，那么，我想，这些笑点，一定在社会的某个角落，偷偷地嘲笑着我们自身。

　　电影是被艺术处理过的生活，作为观众的我，只能默默祈祷，但愿某一天，生活中不再有这种令人打寒战的笑声。

幽默与悲剧，有时候只有一线之差，那就是，当幽默被恶俗化，就变成了真正的悲剧，个人与时代，皆如此。

值得欣慰的是，电影结束后，我扶着行动迟缓的母亲缓缓下阶梯的时候，后面的几位年轻人安静地站着等待，并没有笑；走到电梯口，一位年轻小伙子一直细心地按着开门键，等着我们走上电梯……

我问母亲："电影好看吗？"

母亲摇头："下次带我来看破案的吧……"

《诗经·卫风·硕人》：
被人们仰望的女神

孔子曰："不学诗，无以言。"诗，最能体现浓厚的情感和纯正的思想。诗中的那些美丽的女子，更是一道靓丽的风景。春和日丽，鸟语花香，若是一位美丽的姑娘含情不语，飘然而至，那露水般晶莹的美目秋波一转，顾盼神流的瞬间，必然会给人万般柔情，无限遐想。

《诗经》中有各种气质的美丽女子让人流连，如《关雎》中那位让人辗转反侧、寤寐思服的窈窕淑女；《桃夭》中的那位红妆薄粉、艳若桃花的快乐新娘；《月出》中那楚楚动人、娴静如月光的唯美仙侣；《有女同车》中那位优雅贤淑，环佩轻摇的贵族知己；《野有蔓草》中那位气质清扬、婉约动人的青春少女；《静女》中那位风情万种、调皮淘气的可爱女孩；《蒹葭》中那柔情似水、若隐若现的梦中佳人……这些美女，有如清冷的月光，有如温婉含蓄的梦，有如明亮而充满韵律的诗……让人感受到那清风徐来、蔓草飘曳、佳人灵动的美妙。而我感觉，最值得玩味的，是《诗经·卫风》中《硕人》一篇中对齐侯之子、卫侯之妻庄姜的描写：

　　硕人其颀，衣锦褧（jiǒng）衣。齐侯之子，卫侯之妻。东宫之妹，邢侯之姨，谭公维私。

　　手如柔荑，肤如凝脂，领如蝤蛴（qíu qí），齿如瓠犀（hù xī），螓（qín）首蛾眉，巧笑倩兮，美目盼兮。

　　硕人敖敖，说（shuì）于农郊。四牡有骄，朱幩（fén）镳镳（biāo）。翟茀（dí fú）以朝。大夫夙退，无使君劳。

　　河水洋洋，北流活活。施罛（gū）濊濊（huò），鳣鲔（zhān wěi）发发（bō）。葭菼（tǎn）揭揭，庶姜孽孽，庶士有朅（qiè）。

　　诗歌第一章主要介绍庄姜显赫的身世，这位身材高挑的美人儿，穿着锦衣，罩着华丽的披风，她是齐侯的女儿，卫侯的妻子，太子的妹妹，邢侯的小姨，谭公是她的妹婿。第二章便是对主人公庄姜无与伦比的美貌的描写，她的手指像白茅的嫩芽，皮肤像凝冻的脂膏，美丽嫩白的脖颈像蝤蛴一样柔软可人，她的牙齿像瓠瓜的子儿一样雪白整齐，方正的前额弯弯的眉毛，浅浅的笑流动在嘴角，美丽无比，那眼儿黑白分明，眼波奥妙。第三章和第四章描写陪嫁队伍的壮观，这位高挑的美人儿马车停在近郊，四匹公马多么雄壮，马嘴边红绸飘飘，用山鸡羽毛装饰的车子慢慢驶向朝堂。大官们今天都早早退去，不让君王太操劳。那黄河的水白茫茫，北流入海浩浩汤汤，渔网撒向水里呼呼响，泼刺刺黄鱼鳝鱼都在网，河边上芦苇根根高耸，陪嫁的姑娘个个身材高，随从的武士们个个气宇轩昂。

　　因为有此诗，庄姜这位颀长优美，衣锦褧衣的美女从此便袅袅婷婷地站在历史的审美高度，带着她的绝世仙姿站在了无数古诗的字里行间，悠悠千年。

清代孙联奎《诗品臆说》中说："《卫风》之咏硕人也，曰'手如柔荑'云云，犹是以物比物，未见其神。至曰'巧笑倩兮，美目盼兮'，则传神写照，正在阿堵，直把个绝世美人，活活地请出来，在书本上滉漾。千载而下，犹亲见其笑貌。"在短小的抒情篇章中，无论多么成功的外形描绘，必然要通过传神的"点睛"之笔，才能真正灵动起来。《硕人》中对庄姜美丽的描写，可谓形神兼备。诗人对手指、皮肤、脖颈、唇齿的描写，刻画美人那无与伦比的"形"，而"巧笑倩兮""美目盼兮"寥寥八字，却让静止的形产生动感，传达美人那令人销魂的"神"。形美悦人目，神美动人心！就这一笔，顿时气韵生动、性灵毕现，似乎这位美人从纸面上走出来，娉婷地走进你的心灵，摇动你的心扉，激活人们对那具有无限空间的美的遐想。

姚际恒在《诗经通论》给予此篇高度评价："千古颂美人者，无出其右，是为绝唱。"的确，我们从后代的许多诗篇中，似乎都看见"硕人"的影子，她成为那位永远被文人们仰望的女神，似乎万千变化的美，其心骨都在硕人身上。就如宋玉《神女赋》中描写神女："貌丰盈以庄姝兮，苞温润之玉颜。眸子炯其精朗兮，瞭多美而可视。眉联娟以蛾扬兮，朱唇地其若丹。素质干之实兮，志解泰而体闲。既姽婳（guǐ huà）于幽静兮，又婆娑乎人间。"宋玉梦中的这位神女，虽然灿烂若旭日初升照亮屋梁，皎洁得像明月洒下的光芒，但是她的丰满的体态、温润的容颜、明亮而流转有神的美眸、如蚕蛾飞扬的细眉、鲜亮若点过朱砂的红唇、娴雅美好的神态，既能在幽静处表现文静，又能在众人面前翩翩起舞的这种形神兼备的状态，让人感觉，"神女"的精神里，藏着一个永远抹不去的"硕人"；还有汉李延年《北方有佳人》中："北方有佳人，绝世而独立。一顾倾人城，再顾倾人国。"这位倾国倾城的北方佳人的"一顾"与"再顾"，似乎也藏着硕人那"巧笑""美目"的诱惑；再有汉乐府《陌上桑》中那位让行者"下担捋髭须，少年脱帽着帩头，耕者忘其犁，锄者忘其锄"的秦罗敷，曹植《洛神赋》中"云髻峨峨，修眉联娟。丹唇外朗，皓齿内鲜，明眸善睐"的宓妃，都可以看到"硕人"的芳踪。白居易《长恨歌》中"回眸一笑百媚生"的名句，也总不免追随了"硕人"的美丽背影。

哪怕到了现代，诸多现代诗词中对令人魂牵的美人的描写，仍然离不开美丽所表现出来的那种刹那的灵动，那种在瞬间牵住人内心整个宇宙的震撼。

所以徐志摩写下：
最是那一低头的温柔，像一朵水莲花不胜凉风的娇羞。

拜伦写下：
她走在美的光影中，像夜晚皎洁无云而且繁星满天。
明与暗的最美妙的色泽，在她的仪容和秋波里呈现。
仿佛是晨露映出的阳光，但比那光柔和而幽暗。

戴望舒写下：
像梦中飘过一枝丁香地，我身旁飘过这女郎。

普希金写下：
我记得那美妙的一瞬，在我的眼前出现了你。
有如昙花一现的幻影，犹如纯洁之美的精灵。

　　德国美学家黑格尔说："灵魂集中在眼睛里，灵魂不仅要通过眼睛去看事物，而且也要通过眼睛才被人看见。"或许，这就是硕人"巧笑"中的内容，"美目"中的期盼，也是诗歌的永恒意义吧！

你不能做我的诗，正如我不能做你的梦

　　不同的事物，影响着人们不同的审美情趣。在文学领域，亦是如此。因此人常说燕赵多慷慨悲歌之士，吴楚多放诞纤丽之文。北人多讴歌长城饮马，河梁携手的气概；南人多抒发江南草长，洞庭始波的情怀……不管历史的背景给予文学多么迥异的审美风格，然而诗歌中的爱情，永远是那审美大厦中的高峰体验。林清玄说：“爱情就是爱情，即使当柴烧也是最美的。”这可能是对爱情最美的赞誉了。

　　倘若爱情是一场修行，在修行的路上，每个人看到的风景是不一样的，心境不同，感受也不同。但美好的爱情都是相似的，路上看到的风景都是让人赏心悦目、流连忘返的。那些描写爱情的诗，永远披着唯美的羽毛，展现出一种独特的魅力。

　　诗歌中有种断肠的思念，闪耀爱情的光辉。《诗经·王风·采葛》中有：

　　　　彼采葛兮，一日不见，如三月兮。
　　　　彼采萧兮，一日不见，如三秋兮。

彼采艾兮，一日不见，如三岁兮。

这种合理的艺术夸张，展现出在爱情的空间里主体对时间的真实的心理体验，一日之别，因为爱情而产生心理上延长为三月、三秋、三岁，这种对自然时间的心理错觉，却把爱情的唯美展现得淋漓尽致。表面看似不符合逻辑的"心理时间"由于融进了个体深爱的体验，便能妙达离人心曲，唤起不同时代读者的情感共鸣。

所以后来，一曲《凤求凰》能把司马相如与卓文君的千古爱情上升到历史的高度，触动人心：

有一美人兮，见之不忘。
一日不见兮，思之如狂。
凤飞翱翔兮，四海求凰。
无奈佳人兮，不在东墙。
将琴代语兮，聊写衷肠。
何时见许兮，慰我彷徨。
愿言配德兮，携手相将。
不得於飞兮，使我沦亡。

所以后来，戴望舒会抒写夜坐听风，思悟月缺天老的情思："寂寞已如我一般高：我夜坐听风，昼眠听雨，悟得月如何缺，天如何老。"

所以后来，沈从文才会抒写在清冽的风中也难抑的柔软内心："风大得很，我的手脚皆冷透了，我的心却很暖和，但我不明白什么原因，心里总觉得柔软得很。我要傍近你，方不至于难过。"

……

诗歌中的那种心有灵犀的碰撞，谱写着爱情的华美。李商隐一首《无题》，便把微妙的灵性境界开掘出难以超越的深度和广度：

昨夜星辰昨夜风，画楼西畔桂堂东。
身无彩凤双飞翼，心有灵犀一点通。
隔座送钩春酒暖，分曹射覆蜡灯红。
嗟余听鼓应官去，走马兰台类转蓬。

因为灵魂的共栖，所以在实景的氛围中也会弥漫着令人沉醉的幽香，瞬间的相遇会成为一世难以重现的回忆。那种即便没有彩凤般的双翅自由飞翔的限制，也最终能如灵异的犀角一样彼此相通，这种美丽，让星辰和风、画楼桂堂都充满着夜的柔美旖旎。

灵魂的共振虽然遥远，但却因为遥远而美丽。

所以张爱玲略带哀伤地说："人生最大的幸福，是发现自己爱的人正好也爱着自己。"

遇到钱钟书的杨绛却幸福地说："从今以后，咱们只有死别，不再生离。"

遇到杨绛的钱钟书亦如是说："我见到她之前，从未想到结婚；我娶了她十几年，从未后悔娶她，也从未想要娶别的女人。"

　　诗歌中还有许多唯美的爱情。抑或是柳永"草色烟光残照里，无言谁会凭阑意"的离愁别恨；或是元好问"渺万里层云，千山暮雪，只影向谁去？"的落寞彷徨；再或是元稹"曾经沧海难为水，除却巫山不是云"的舍你其谁……都是一种诗词难得的婉曲幽约的唯美的艺术境界，须得人们抛却杂念，纯净而安静地去体悟，方能获得至真的美的享受。

　　世间的美多种多样，然而最幸运的是，这个世界有一类发现美的使者 —— 诗人。

　　是诗人，赋予平实生活中的那种美丽的情感，感召那些看似朴素却充满美感的点滴。

　　胡适在《梦与诗》中说道："都是平常情感，都是平常言语，偶然碰着个诗人，变幻出多少新奇诗句……你不能做我的诗，正如我不能做你的梦。"

　　诗人，无疑给朴素的生活增添了一层令人仰望的美丽，就好像一位神圣的知音，她在遥远的空间里告诉你，如何成为恍若星辰般美丽的一首诗，或者一个梦，一个徜徉在唯美王国的天使。

如何人不看芙蓉

芙蓉，又名"菡萏"，是荷花、莲花的别称，因为其娉婷高洁的气质，成为美艳明丽的女子的化身，深受文人墨客们的喜爱。它的清丽多姿、中通外直与香远溢清形成一种神圣而清净的内涵，也成为众多佛学作品独特的意象。

白居易的《长恨歌》中就用"芙蓉如面柳如眉，对此如何不泪垂"，来描述景物依旧，美人不在，潸然泪下的内心活动；李白的《古风十九首》里有"素手把芙蓉，虚步蹑太清"的飘逸情境来寄托自己"出淤泥而不染"的情怀；《佛说四十二章经》中有"我为沙门，处于独世，当如莲花，不为泥所污。"的智慧境界。

然而众多咏芙蓉诗词中，我觉得最有意思的，是宋代浣花女所作的《潭畔芙蓉》，与以往的芙蓉诗歌不同的是，看似浅显而有趣的一首小诗，却能牵引人进入"人美花美"的哲学思辨中，着实有趣。

芙蓉花发满江红，尽道芙蓉胜妾容。
昨日妾从堤上过，如何人不看芙蓉？

这首小诗打破传统的芙蓉诗中常规的芙蓉意象，把"妾"与"芙蓉"放在同一个情境下对比，到底是花美还是人美？第一句写出芙蓉花开的时候盈盈江面的情景，"尽道"一词，从旁人的评价中烘托出芙蓉花开的美景，且与"我"做比较的结论是"芙蓉胜妾容"。第二句却从叙事的角度转折，提出美学一问："如何人不看芙蓉？"人们不看芙蓉，那定是在看"妾容"了！自信满满的浣花女一句调侃地发问，顿时让人的思维空间转化到"妾容到底有多美？"的想象空间。比起李白《咏苎萝山》："秀色掩今古，荷花羞玉颜。"中的直接夸奖来，显得更为风趣，更为接近生活。而比起王昌龄的《采莲曲》中"荷叶罗裙一色裁，芙蓉向脸两边开。"这样单一的状貌描述，又显得更有生机和气息；比起李延年"北方有佳人，绝世而独立。一顾倾人城，再顾倾人国。"的纯人物描写，又似乎多开了一扇想象的大门，至于"妾容"到底有多美，诗中并没有直接描述，仅一句"如何人不看芙蓉？"便让人感知到起码"妾容"比"芙蓉"要吸引人的注意力，那么自然，比起那些被比作芙蓉状貌的女子来讲，"妾容"似乎更胜一筹。至于"妾"为何更胜芙蓉一筹，由读者去自由想象吧！

所以，诸如把美女写作"俏丽若三春之桃，清素若九秋之菊"这样的句子，大多很直接地让人体悟到此女美不过如桃，素不过似菊的容貌，虽然意美景美，却让人有种花容已阅尽的疲倦感。而唯有"昨日妾从堤上过，如何人不看芙蓉？"这样的表达，能让人更加产生丰富的联想，你可以想象"妾"的容貌赛过芙蓉，也可以想象"妾"的品行赛过芙蓉，或者其他……

　　然而这首诗最打动我的，乃是文中女子满满的自信感和思辨力，还有那带给读者的"美是什么"的思考。那种没有任何套路与枷锁的美感，自由而平实！有些时候，当人们从外在的各种束缚中解放出来，活出自我，活出真我，是其所是，可能才是美的最高境界吧。无需华丽的修饰和掩盖，如浣花女的表述一般，活出女人的本真，自我的自由，无须东施效颦，也无需向往别人对花容月貌的褒赞，找到心灵真正的归宿，找到灵魂安居的家园。

　　我想，这方是审美境界中最舒服的那一刻享受吧！

寻找神秘的吹箫人

读高中的女儿回家问我："妈妈，你认为《赤壁赋》中吹洞箫的客人到底存不存在？"女儿说的《赤壁赋》，是高一教材中的《前赤壁赋》，吹洞箫者则为客之其一。对于女儿的问题，普遍的理解为：主与客都是作者一人的化身。客的观点和感情是苏轼的日常感受和苦恼，而主人苏子所抒发的则是他融入与宇宙为一体后的哲学领悟，前者沉郁，后者达观；前者充满人世沧桑与吾生有涯的感慨，后者则表现人与大自然合二为一的心灵净化境界。这也刚好符合传统赋体文的主客对话、虚实结合、抑客扬主的特征。

我该不该用这传统的观念来回答孩子的问题呢？忖度须臾，我对女儿说："我认为吹洞箫者存在，肯定是苏轼真正的好朋友，因为此刻苏轼被贬黄州，正处人生的危难期，处危难而不弃的，必定是人生难得的好友，不如我们查查资料，看看东坡在这段时期有哪些朋友，或者查查文献，搜集一些相关的线索。"

女儿顿时来了兴趣，激动地说道："好啊，妈妈，那我想用下电脑可以吗？"

"当然可以，我跟你一起查！"成长在数字化时代的孩子，早已把电脑查找资料作为第一选择。通过搜索，女儿兴奋地发现，苏轼在黄州期间，有不少好友。

好友一：徐大受（字君猷）。元丰三年（1080）二月，苏轼来到他生命中第一个贬谪地黄州，任黄州团练副使。元丰三年（1080）八月，徐大受来任黄州知州。他与苏轼一见如故，视之为亲如手足的密友。对于徐大受，苏轼充满了感激之情。他曾在《与徐得之三首之一》写道："某始谪黄州，举目无亲。君猷一见，相待如骨肉。"每年的重阳节徐大受都会在栖霞楼设下酒宴，邀请苏轼共度佳节。

好友二：陈季常。苏轼被贬黄州，好友陈季常隐居在与黄州有百里之遥的岐亭。苏轼谪居的四年中，陈季常曾七次来访，苏轼也有三次前往岐亭做客，每次相聚，往往驻留十多天，离别须远送数十里。在《陈季常见过三首》其二中，苏轼这样写道：

> 送君四十里，只使一帆风。
> 江边千树柳，落我酒杯中。
> 此行非远别，此乐固无穷。
> 但愿长如此，来往一生同。

可见苏轼对这份友情何等珍惜。

另外，苏轼在黄州时，还结识了住在长江对岸的王氏兄弟以及潘丙、潘原、潘大临、潘大观等人。这些人都是世居黄州的土著，有的是酒店老板，有的是药店老板，有的只是一般的市井小民。此后的几年里，苏轼经常与他们交游，有时苏轼渡江游览武昌西山，遇到风雨，便留宿王家，王氏兄弟杀鸡炊黍招待苏轼，一住就是好几天。有时苏轼乘坐一叶扁舟，一直行至潘丙的小酒店门前，便进店去喝几杯村酿。苏轼在《出郊寻春》中云：

> 东风未肯入东门，走马还寻去岁村。
> 人似秋鸿来有信，事如春梦了无痕。
> 江城白酒三杯酽，野老苍颜一笑温。
> 已约年年为此会，故人不用赋招魂。

那么，那位神秘的吹箫人是不是苏轼这些好友中的一个呢？答案似乎不如人意，因为，上面的这些苏轼的朋友中，似乎没有哪位是擅长吹箫之人，那么，这位神秘的吹箫人到底存在吗？女儿继续在信息的海洋中搜索，突然大叫："妈妈，我发现了一个大线索！明代诗人吴宽，留有《赤壁图》的资料。"

我顺势询问："吴宽何许人也？"

女儿笑道："吴宽，字原博，号匏庵、玉亭主，世称匏庵先生。明代名臣、诗人、散文家、书法家。"

那么，吴宽给了我们一些什么信息呢？在他所著《匏翁家藏集》卷二十有《赤壁图》诗曰：

> 西飞孤鹤记何祥，有客吹箫杨世昌。

　　当日赋成谁与注，数行石刻旧曾藏。

　　图中自注云：

　　"世昌，绵竹道士，与东坡同游赤壁，赋所谓'客有吹洞箫者'，其人也。"

　　这说明吴宽所言有旧藏石刻资料为证，断非空穴来风。

　　此后，清乾隆年间曹斯栋《稗贩》卷四中记载：

　　"读东坡《赤壁赋》至'客有吹洞箫'句，每叹惜不知其姓氏，先慈恒笑以为痴。及长，偶读吴匏庵诗云：'西飞孤鹤记何祥，有客吹箫杨世昌。当日赋成谁与注，数行石刻旧曾藏。'始知为绵州武都山道士杨世昌，字子京也。即东坡诗亦有'杨生自言识音律，洞箫入手清且哀'。夫以洞箫末技得挂名简册，幸矣！然至为东坡先生所赏，断非尘浊下品可知。"

　　再者，《苏轼全集》卷二十一有《蜜酒歌》，诗前有序云：
　　"西蜀道士杨世昌，善作蜜酒，绝醇酽。余既得其方，作此歌以遗之。"并称赞此酒、论及其人曰：

　　"三日开瓮香满城，快泻银瓶不须拨……先生年来穷到骨，问人乞米何曾得。"

可知杨世昌虽善酿酒，却一直穷愁潦倒。或许也是其箫声清且哀的缘由吧？

另有《民国绵竹县志》卷十七记载：

杨世昌，字子章，是绵竹武都山道士。东坡谪黄冈时，世昌自庐山访之。东坡曾书一帖云："仆谪居黄冈，绵竹武都山道士杨世昌子京，自庐山来过余。其人善画山水，能鼓琴，晓星历骨色及作轨革卦影，通知黄白药术，可谓艺矣。明日当舍余去，为之怅然。浮屠不三宿桑下，真有以也。元丰六年五月八日，东坡居士书。"

而东坡的另一帖中也说道：

"十月十五日夜，与杨道士泛舟赤壁，饮醉，夜半有一鹤自江南来，翅如车轮，戛然长鸣，掠余舟而西，不知其为何祥也。"东坡《后赤壁赋》有云："适有孤鹤，横江东来。"正好与此帖完全一致。我们可以推测，东坡前后赤壁赋中的客，与杨世昌必有联系。

另外，东坡在《次韵孔毅父久旱已而甚雨三首》之三也写道："杨生自言识音律，洞箫入手清且哀。"与前《赤壁赋》中的箫声描写："其声呜呜然，如怨如慕，如泣如诉；余音袅袅，不绝如缕。舞幽壑之潜蛟，泣孤舟之嫠妇。"可谓异曲同工。

"那么，妈妈，现在可以确定，那位神秘的吹箫人就是杨世昌吧？"女儿看似很有成就感。

"有空咱们再去常州博物馆，那里有许多苏东坡的记载，要知道，常州可是苏东坡人生旅途的最后一站。还可以去常州东坡公园，看看能不能发现一些新的线索。"我没有正面回答女儿，此时此刻，在考察完女儿的信息检索能力之后，是时候带着她走向更深的思想层次的理解了。于是，我继续引导女儿：

不管这位吹箫人存在与否，这位吹箫人是不是杨世昌，我们需要明白的是，苏轼在黄州，在艰苦的环境中，完成了他人生境界的升华。他在"拣尽寒枝不肯栖，寂寞沙洲冷"的极度孤独境地中，完成深刻的自我剖析，他彻底地脱胎换骨，融会儒释道三家的思想精华，在这里，他找到真正的自我，获取真正的个性自由，从苏大学士，完全蜕变成"东坡居士"。他抛却了曾经那个恣意狂傲的自己，变得深邃豁达，他能尽情地享受孤独和安静，最终拥有"归去，也无风雨也无晴"的恬淡心境，达到物我两忘，天人合一的至高境界。

可见，人生经历一些挫折，往往能完成自我思想的蜕变与升华，这对于人的一生来说，何尝不是难得的财富呢？

劳动者心底开出的永不凋谢的花

对于我国最早的一部诗歌总集《诗经》，孔子有很高的评价。

就其思想内容他评价说"诗三百，一言以蔽之，思无邪"，意思就是一句话讲，《诗经》所表达出来的思想没有邪念，质朴纯正。就其特点来说，孔子认为"温柔敦厚"，即可以育人，让人形成良好的品格修养。

《诗经》中的许多作品是劳动人民心底开出的永不凋谢的花。特别是那些给我们深刻印象的劳动场面，让人对平凡而简单的劳动生活展开生命意义的探寻，体悟数千年前的人们是如何通过劳动来完成生命的跨越，来完成华夏文明历史的续写的。

《诗经》中的那些爱情诗篇，深藏着对劳动的礼赞。《关雎》中就有位用劳动展现自身美感的少女。

参差荇菜，左右流之。窈窕淑女，寤寐求之。
求之不得，寤寐思服。悠哉悠哉，辗转反侧。
参差荇菜，左右采之。窈窕淑女，琴瑟友之。

参差荇菜，左右芼之。窈窕淑女，钟鼓乐之。

闻一多评价说："女子采荇于河滨，君子见而悦之。"有什么样的美能敌得过那位采着荇菜，展露勤劳品质的窈窕淑女？难怪那年轻的男子会迷恋到辗转反侧，想以琴瑟钟鼓去取悦于她。在《蒹葭》《木瓜》《子衿》等篇章中，劳动创造美的主题得以永存，爱情印证了劳动的美好，劳动也镌刻爱情的恒久。《鸡鸣》中展现的那有趣的夫妻对话，在温馨中也藏着对劳动、对勤劳品质的尊重。

鸡既鸣矣，朝既盈矣。匪鸡则鸣，苍蝇之声。
东方明矣，朝既昌矣。匪东方则明，月出之光。
虫飞薨薨，甘与子同梦。会且归矣，无庶予子憎。

高尔基说："劳动是世界上一切欢乐和一切美好事情的源泉。"《诗经》中那些劳动篇章，就展现劳动所带来的幸福和喜悦。听听那《诗经·周南·芣苢》劳动妇女们采芣苢子时所唱的欢快的歌曲吧。

采采芣苢，薄言采之。采采芣苢，薄言有之。
采采芣苢，薄言掇之。采采芣苢，薄言捋之。
采采芣苢，薄言袺之。采采芣苢，薄言襭之。

欢快的旋律中，洋溢着收获的喜悦，幸福的味道掩盖了采摘的艰辛。在不断重叠的音调中，简单明快、往复回环的音乐感让人感受到劳动的人们面对那越采越多的芣苢时的激动以及满载而归的成就感。虽然诗中完全没有写采芣苢的人，但是采摘者欢快的情绪在诗歌的音乐节奏中自然地传达出来。难怪前人建议读此诗的时候应该平心静气，方能听到田家妇女，三三五五，于平原旷野、风和日丽中，群歌互答，余音袅袅，若远若近，忽断忽续，不知其情之何以移，而神之何以旷。

再如《魏风·十亩之间》，勾画出一派清新恬淡的田园风光，抒写了采桑女轻松愉快的劳动心情，一幅唯美的桑园晚归图展现在读者面前：

> 十亩之间兮，桑者闲闲兮。行与子还兮。
> 十亩之外兮，桑者泄泄兮。行与子逝兮。

夕阳西下，牛羊归栏，炊烟袅袅。十亩之间全是桑园，忙碌一天的采桑女，成群结队，呼朋唤友，在弥漫笑声的田间，是姑娘们一起结伴回家的快乐身影……

《周颂·良耜》也画出一幅难忘的田家乐图。当春日到来的时候，男人们手扶耒耜在南亩深翻土地，尖利的犁头发出了快速前进的嚓嚓声。他们把各种农作物的种子撒入土中，让它们孕育、发芽、生长。在他们劳动到饥饿之时，家中的妇女、孩子挑着方筐圆筐，给他们送来香气腾腾的黄米饭。炎夏耘苗之时，烈日当空，农民们头戴用草绳编织的斗笠，除草的锄头刺入土中，把荼、蓼等杂草统统锄掉。收割庄稼发出的声音都悦耳动听，给劳动者送饭的人们，无不充满着喜悦之情。

畟畟良耜，俶载南亩。播厥百谷，实函斯活。或来瞻女，载筐及筥，其饟伊黍。其笠伊纠，其镈斯赵，以薅荼蓼。荼蓼朽止，黍稷茂止。获之挃挃，积之栗栗。其崇如墉，其比如栉。以开百室，百室盈止，妇子宁止。杀时犉牡，有捄其角。以似以续，续古之人。

可见，几千年前的我们的祖先，就已经有了这样一种最干净、最淳朴的劳动价值观。

如今，不知道从什么时候开始，有人把不劳而获，把用权力获得的利益变成了幸福炫耀的资本！不知道从什么时候开始，面对广博的土地，多少本应该在田园里的劳动者开始鄙视自己的土地！他们宁愿放弃土地，接受一种新的称号——农民工！不知道从什么时候开始，一些教育工作者把本应崇高的劳动贬低为惩罚学生的手段了，劳动的光辉逐渐暗淡，被莫名其妙地蒙上一层面纱，遮住那神圣的面容……

无数的沉思过后，心中只能默念祈祷：

愿科技日新月异的今天，无论何时何地，我们都能给祖国的土地一份真诚的尊重。无论何人，不管居庙堂还是处江湖，都能如晋文公重耳一样，跪下地来，叩头谢过上苍，给予那片经历风霜血雨、孕育天下粮仓的土地以发自内心的膜拜！用诚实的劳动，书写美丽人生！

正式场合该如何介绍自己的"爱人"？

　　前段时间与先生参加一次较正式的聚会，大家互相介绍。有人便文质彬彬地向别人介绍自己的爱人说："这是我的夫人。"这样介绍合适吗？

　　查一下《汉语大辞典》或《辞海》，就会发现"夫人"是对妇女的尊称。

　　称女士为夫人往往是表示尊敬，比如在新闻中我们常听到某某领导携夫人出席某场合。在家里，若是称自己的妻子为夫人，也是表示敬重，无可厚非。但是最露怯的是，在正式场合向别人介绍自己的妻子的时候，有人称"这是我的夫人"云云，似乎就有点太不谦虚了！我们知道，古代妇女没资格抛头露面、登堂入室，男人们便谦称为"拙荆""贱内""内子"，但是当今社会，若向别人介绍自己的妻子说："这是贱内"，貌似有点不合时宜，倘若介绍这是"我家那口子"，这是"孩儿他妈"，又感觉不够正式，我以为，在家里不管"甜心""宝贝""老婆""亲爱的"怎么称呼都不为过，因为是在家里。但是在大庭广众之下特别是正式礼仪场合介绍自己妻子的时候仍然说"这是我夫人"，就不妥了。这就好比向人家介绍你的姓氏的时候你来一句"我贵姓王"是一个道理，礼仪之邦，一些常识性的敬词和谦词，我们还是要弄清楚的，不然，在生活中，就会出现："你家令尊高寿啊？""我一定会光临你的寒舍""我贵庚八十了"等笑话。

那么，有人不禁会问："到底在正式场合该如何介绍自己的妻子呢？"其实，我以为，正式场合介绍，更需要智慧，比如某男士保持幽默而又不失礼仪地向别人介绍自己的妻子说："这是我们家领导！"似乎听者听后，都不会反感。当然，在中国朋友聚会的时候也有人介绍说"这是我的爱人""这是我的太太"，这样的介绍应该都能让人感觉庄重而不失礼仪。不过，要注意的是，用"爱人"（lover）这个词介绍给老外，可能会引起误解，以为是"情人"，而不是你的"wife"了。

说"东"道"西"

東，《说文》中解释为："東，动也。从木，从日，日在木中。"这也正好迎合了古代的神话传说——太阳被想象成了一只凌空飞行的乌鸟，栖息在叫"扶桑"的大树上。《山海经·海外东经》中说："九日居下枝，一日居上枝。"《日出东南隅行》也有："扶桑升朝晖，照此高台端。"太阳也被称作"东君"，《广雅·释天》中言："东君，日也。"

古人以东为尊。东是太阳升起的地方，和"东"相对的"西"是太阳落下的地方。所以汉民族以东向为尊，西向为卑。汉族人社庙中祖宗的牌位都是放在东侧，后人要向东而拜，都体现了东位之尊。东方主生，生为人们所向往，所以东西相对时往往以东为佳，为西为劣。《礼记·王制》中记载："夏后氏养国老于东序，养庶老于西序。"国老位尊，所以在大学，在王宫之东；庶老位卑，所以在小学，在西郊。《史记索隐》："列甲第在帝城东，故云东第。"甲第在帝城东，次第在帝城西，这是东尊西卑的观念的反映。《史记·司马相如列传》："位为通侯，居列东第。""东第"一般指富贵显贵人家的住宅。

以东为尊的观念在古人的座次上也有反映。《礼记·曲礼上》："主人就东阶，客就西阶。"后来因为"东'，作主人的代称。将房主称为"东家"或"房东"，将雇主称为"东家"或"东人"，将商行业主称为"行东"或"店东"，其中"东'，都是主要或主人的意思。到了先秦时，室内的席位，东西而言，以东向为尊，西向为卑，南北而言，以南向为尊，北向为卑。故有宾客至时，主人一般是将宾客安排在位西面东或位北面南的位置上，以示对宾客的尊敬，尊贵的客人也被礼貌地称作"西宾"，老师称为"西席"。主人自己则面西或面北以示谦卑。

比如，在《史记·南越列传》里，就有这样的原文：

"王、王太后亦恐嘉等先事发，乃置酒，介汉使者权，谋诛嘉等。使者皆东乡，太后南乡，王北乡，相嘉、大臣皆西乡，侍坐饮。"

为表达礼节，使者作为上国使臣，被安排在最尊贵的位置，而太后作为大王的母亲，坐在次尊贵的位置，大王就只能坐在朝向北面的位置上，而相国和其他的大臣们就只能坐在最卑的位置了。

那么，《史记·项羽本纪》中关于刘邦带着张良、樊哙等人去赴"鸿门宴"的座次安排就显得非常有意思了，可以说是暗藏玄机。

项王即日因留沛公与饮。项王、项伯东向坐；亚父南向坐——亚父者，范增也；沛公北向坐；张良西向侍。

乍看，"鸿门宴"上的位次安排看起来是太不合礼节了！项羽并没有把尊贵的位置留给作为宾客的刘邦，连次尊贵的位置都是范增稳坐着，而刘邦所坐的位置是坐南朝北，从座次上来说，项羽很明显地给刘邦一个暗示："你小子在我项爷的眼里，地位还不及我的谋臣。"而跟随刘邦一起赴宴的张良的座位是朝西，而且，原文中用了"侍"这个字，很明显，这是四个座位中最为低下的，也就是侍从的位置。可见，在威武的楚霸王的眼里，这位被后人称作汉初三杰之一的张良，不过是一侍从而已！

那么，猜想一下，司马迁作《史记》时，为什么要用重笔墨来描写这个位置的安排呢？况且这次宴会在楚汉战争中发生重要影响，被认为间接促成了羽败邦胜的因素之一。司马迁到底要表达什么？为什么《汉书》的这一章节里，完全没有了座位的描述，是作者忘记了吗？

我们先来看看《史记》作者司马迁和《汉书》作者班固两人写书背景，就不难理解情节的差异了。

司马迁，出生在西汉景武年间，司马谈之子，史官世家，任太史令。深知"秉笔直书"是史官的重要品德。又生逢"汉之得人，于兹为盛"的汉武盛世，得以结识汇聚于长安的贾谊之孙贾嘉，樊哙之孙樊他广，冯唐之子冯遂等天下贤能之士。再者他刚韧大胆的气魄也是《史记》成为史家绝唱的原因之一。他敢在武帝愤怒，群臣皆声讨李陵的罪过之时为李陵辩护，哪怕遭"欲沮贰师，为陵游说"的诬陷之罪。在那个"臧获婢妾犹能引决"的严酷时代，司马迁能为作史而选择苟活，毅然选择以腐刑赎身死，其目的，仅是为了成为一名正直的史官，能背负起父亲穷尽一生也未能完成的理想。可见，司马迁作史书，是在彰显一名优秀史官的职责、个性与气质，所以才能"究天人之际，通古今之变，成一家之言"。而班固，出身儒学世家，自幼接受父伯教育和熏陶，被拜为"兰台令史"，《汉书》的性质是官方修史，班固性格温和，宽容待人，深受儒家思想的影响，在他的意识里，考虑比较多的是维护刘邦就是维护汉朝，维护自己的国家，况且又是受诏修订史书，其中必定有多方因素影响，因此删除掉这段有辱汉高祖刘邦身份的细节，也就不难理解其用心了。

戴望舒与丁香姑娘

　　每个人的心中，都有一位丁香姑娘，盛开在最懵懂而又最纯真的年纪。就如曹雪芹心中的林黛玉、徐志摩心中的林徽因、沈从文心中的翠翠、雪莱心中的玛丽……而在那个江南的雨季，中国现代派象征主义的代表诗人戴望舒，碰到了那位丁香一样的、结着愁怨的姑娘，这位姑娘名字叫作施绛年。

　　大革命的失败，戴望舒和所有满腔激情的青年人一样，深深地陷入情绪的最低点，诗人的情怀铸就他的那颗敏感多情的心，在理想破灭的孤独和痛苦中，戴望舒更希望找到情感的慰藉，那位朦胧的雨天的丁香女孩，便成了戴望舒一生难以忘怀的梦。

　　那个沉闷的时刻，为了躲避灾难暂居在好朋友施蛰存家里的戴望舒，见到施蛰存的妹妹施绛年，顷刻，脆弱的神经便被击中了，心中的那个梦想仿佛落入了现实，施绛年那天真而略带羞涩的微笑就像阴霾天突然掠过的一缕阳光，带给这位诗人灵魂的希望与光环，从此，便永远挥之不去，萦绕他的一生。

　　住在好友施蛰存家中，戴望舒与施绛年日日相见，诗人

　　心中的情愫便升华到灵魂的顶点，灵感也随之而来。就连天
上的月亮也变得浪漫而多情，戴望舒静静地相思他近在眼前
的恋人，于是他写下著名的诗篇《我的恋人》：

　　我将对你说我的恋人 / 我的恋人是一个羞涩的人 / 她是
羞涩的，有着桃色的脸 / 桃色的嘴唇 / 和一颗天青色的心 /
她有黑色的大眼睛 / 那不敢凝看我的黑色的大眼睛……

　　痴情的诗人把全身心的情感付与了施绛年，施绛年的一
举一动和一颦一笑，都能给他灵感，施绛年的笑容能激发他
诗句的火热：

　　我的小恋人 / 今天我不对你说草木的恋爱 / 却让我们的
眼睛静静地说我们自己的 / 而且我要用我的舌头封住你的小
嘴唇了 / 如果你再说：我已闻到你的愿望的气味。

　　施绛年的冷漠又激发诗人诗句的寂寥：

　　我不敢说出你的名字 / 假如有人问我的烦忧 / 说是辽远
的海的相思 / 说是寂寞的秋的清愁。
　　你会把我孤凉地抛下 / 独自翩跹地飞去。

　　然而诗人狂热的追求，深情的诗意似乎并不能完全获取
施绛年的芳心，从小受到西化的教育以及较高文学修养的哥

哥施蛰存的影响，施绛年的性格开朗活泼而且富有个性，她的梦中有一位风度翩翩、英俊潇洒的白马王子形象，而戴望舒，上天赋予了他卓越的才华，却没有给他翩翩的风度，思维开阔的施绛年并不能完全接受戴望舒诗人式的情感，在爱情的领域里，爱的那方，便会不自觉地蒙上一层不公正的阴影，然而戴望舒执着地追求这场不公正的爱情，他的内心，早已把情感泛滥成湖，此刻，施绛年，就是他的生命，他的灵魂。无计可施的戴望舒只好选择以生死相逼，他真诚地表白，自己如果没有施绛年，生命也会变得苍白，不堪一击。

终于，1931年，戴望舒与施绛年订婚。施绛年提出了结婚条件：戴望舒必须出国留学，取得学位，回来有稳定的收入后，才可能结婚。

为了爱人，1932年，戴望舒带着殷切的盼望坐着"达特安"号邮船离开上海出国留学，在法国，他穷困潦倒，只好一边读书一边译书，并眼巴巴地盼望施蛰存寄出的稿费。在法国三年，由于生活所迫，戴望舒没空写诗，只能尽量想办法赚钱；好友施蛰存为了接济他，有时把自己的全部工资都邮到巴黎去了。

一对知交，为了一场爱情，共同选择付出。

戴望舒此间的痛苦从他的诗《三顶礼》中可以看出：

给我苦痛的螯的／苦痛的但是欢乐的螯的／你小小的红翅的蜜蜂／我的恋人的唇／受我怨恨的顶礼……

在法国，一晃，就是三年。

1935 年 5 月，戴望舒回到上海，然而，令他崩溃的是，施绛年选择的丈夫，却不是他。

再后来，戴望舒虽然娶了两任爱他的妻子，但是，诗人心中的那个丁香女孩，却萦绕在他的脑海一生。从他的诗《有赠》中，我们依稀能感受到那复杂的情绪：

我认识你充满了怨恨的眼睛，
我知道你愿意缄在幽暗中的话语。
你引我到了一个梦中，
我却又在另一个梦中忘了你。
我的梦和我的遗忘中的人，
哦，受过我暗自祝福的人。
终日有意地灌溉着蔷薇，
我却无心让寂寞的兰花愁谢。

戴望舒一切美好的情感，或许，都永远地留在那个江南的雨季，留在那个梦一般凄婉迷茫，那个有着丁香芬芳和颜色的姑娘身上……

人性的饱满：
《史记》之刘邦、项羽形象塑造

在中国古代文学长河中，注重人性本身研究的作品不多，特别是对人物内心世界的研究是相对薄弱的。而被鲁迅誉为"史家之绝唱，无韵之离骚"的《史记》，是一部带有史学与文学双重价值的伟大作品，这部作品以天才的史学家和文学家笔法，非常成功地塑造多个饱满的人物形象，特别是人物自身性格内部的对立因素的双重组合，就更值得欣赏。

《史记》作者司马迁比较尊重历史人物本来的面貌，很少用政治眼光去观察人，也与有的史书按帝王的意志把贤者写得神圣至极，把"恶"者写得丑陋不堪有所不同。最典型的例子，是他对刘邦和项羽性格的描绘。

作者对这两个人物的描写，皆为褒贬并举，这就更加还原了历史人物的真实性。比如写到刘邦的帝王气魄的时候，有"高祖为人，隆准而龙颜，美须髯，左股有七十二黑子"的帝王之资，而且还有"仁而爱人，喜施，意豁如也"的帝王大度。能广泛网罗人才，采纳良言，礼贤下士，他自己都说："夫运筹帷幄之中，决胜千里之外，吾不如子房；镇国家，抚百姓，给饷馈，不绝粮道，吾不如萧何；连百万之众，战必胜，攻必取，吾不如韩信。三者皆人杰，吾能用之，此吾所以取天下者也。"即使是原来为项羽都尉的陈平在去楚归汉的时候也说："项王不能信人，其所任爱，非诸项即妻之昆弟，虽有奇士不能用，平乃去楚。闻汉王之能用人，故归大王。"在刘邦先诸侯入关后，马上安抚百姓，召诸县父老约法三章："杀人者死，伤人及盗者抵罪……"刘邦最后战胜项羽建立汉朝后，又平定淮南王黥布之反，胜利后路过沛县，召故人老小饮酒，酒酣后击筑而歌："大风起兮云飞扬，威加海内兮归故乡，安得猛士兮守四方！"慷慨悲歌后，对故乡父老乡亲说："游子悲故乡。吾虽都关中，万岁后吾魂魄犹乐思沛。且朕自沛公以诛暴逆，遂有天下，其以沛为朕汤沐邑，复其民，世世无有所与……"此刻的刘邦感情是真挚的，没有了市侩的势利，更没有政客的虚伪气味。但是，司马迁在描绘他的伟大而具有帝王气魄的一面时，并没有放弃对他性格另一面的描绘，特别是他在成功之前的"无赖相"，他为泗水亭长时，"好酒及色"。在萧何主持的沛令家做客，刘邦"贺钱万"而"实不持一钱"。楚汉战争中，项羽捉拿父亲，对刘邦喊话："今不急下，吾烹太公。"而刘邦却用一种无赖的口吻回应："吾与项羽俱北面受命怀王，曰'约为兄弟'，吾翁即若翁，必欲烹而翁，则幸分我一杯羹。"由此，一个有血有肉有性格的刘邦形象便活灵活现地展现在读者的眼前，他是帝王，也是一个性格完满的人，有帝王之资，用人之慧眼，也有无赖嘴脸，泼皮性格，这才是真实的刘邦。

同样，司马迁对项羽的性格刻画更为真实，他在巨鹿攻秦救赵，表现出一种惊天动地的"破釜沉舟"精神，"项羽乃悉引兵渡河，皆沉船，破釜甑，烧庐舍，持三日粮，以示士卒必死，无一还心……"项羽在艰难曲折的征战中，总是大丈夫之勇，毫不迟疑畏惧。即使在四面楚歌的时候，也仍然镇定自若，与虞姬饮于帐中，慷慨悲歌。后在汉军重围中，一马当先，斩将搴旗，使汉军为之震惊，退避数里。最后到乌江渡口，乌江亭长早已驾船等候，但他却留下一句："且籍与江东子弟八千人渡江而西，今无一人还，纵江东父兄怜而王我，我何面目见之？纵彼不言，籍独不愧于心乎？"自刎而死。这里让人感受到项羽的英雄性格，他原本是如此英雄果敢，但是在鸿门宴上，却因刘邦示弱的话语不忍下手，放走最大的敌手，鸿门宴后，他又"引兵西屠咸阳，杀秦降王子婴，烧秦宫室，火三月不灭；收其货宝妇女而东。人或说项王曰：'关中阻山河四塞，地肥饶，可都以霸。'项王见秦宫室皆以烧残破，又心怀思欲东归，曰：'富贵不归故乡，如衣绣夜行，谁知之者'说者曰：'人言楚人沐猴而冠耳，果然！'项王闻之，烹说者。"这些事情，又表现出项羽眼光短浅，缺乏深谋远虑，不能择善而从的致命弱点。所以在刘邦大定天下后，置酒洛阳，请诸侯将相分析项羽何以失天下的原因时，高起、王陵说"项羽嫉贤妒能，有功者害之，贤者疑之，战胜而不予人功，得地而不与人利"。韩信也说其空具"妇人之仁"。一个具有内在对立性格的项羽形象出现在读者眼前，他是大丈夫，骁勇善战，屠城杀敌，却又有儿女情长，愧对江东父老的柔软情怀。他仁慈中带着凶残，果断自负却又带着目光短浅，心胸狭窄。

可见，司马迁笔下的刘邦、项羽形象，让读者感受到个性的真实感，性格的丰富感。这样的史学与文学相容的作品，在后来很长一段时间以"诗文为正宗"的文学主流长河中是很少见的，更是某些特殊背景下被文化操纵者推到极端离奇和极端荒唐的低级性格对照方式所打造出来的为政治观念服务的工具性作品所完全不及的。那种把好人美化成神，把坏人丑化成魔的畸形单一化人物形象以及毫无个性的傀儡形象，必然失去了真实的人性内容，从而失去有价值的审美意义。

《终身误》：极情场之盛 尽文章之妙

《红楼梦》中散曲很多，《终身误》这首曲值得玩味。此曲看似在写宝玉婚后不能忘却黛玉的那种悲凉的寂寞，实则透露了钗黛二人的极为高级的性格对照。

"都道是金玉良姻，俺只念木石前盟。空对着，山中高士晶莹雪，终不忘，世外仙姝寂寞林。叹人间，美中不足今方信，纵然是齐眉举案，到底意难平。"

"金玉良姻"源于宝钗宝玉的金锁灵玉之配，喻指宝钗宝玉的天赐婚姻。"木石前盟"则是指宝玉黛玉的前世缘分。盟约：黛玉前身绛珠仙草，为报答宝玉前身神瑛使者的甘露灌溉之恩，愿来世奉予一生眼泪。"山中高士"喻指宝钗极具智慧且洁身自好的品性，"雪"乃"薛"字谐音，然而宝钗虽与宝玉有着天赐良缘，却被一个"空"字点出了这段看似合情合理的婚姻所包含的情感欠缺。"寂寞林"即指林黛玉。"寂寞"两字又深刻道出黛玉心中的曲高和寡的悲苦与孤独。最后一句"叹人间，美中不足今方信，纵然是齐眉举案，到底意难平"则道出宝玉内心的失落与遗憾，也点明本曲"终身误"所误之处即宝玉未能与黛玉相守而痛苦一生，那些宝钗身上具备的世人眼中的"高情商"，在宝玉眼中皆如草芥，最终出家弃之。简单一曲，却让读者感受到两位女性不同的性格特征和不同的生命归属。

俞平伯先生在《红楼梦辨》中说："书中钗黛每每并提，若两峰对峙，双水分流，各尽奇妙，莫能上下，必如此方极情场之盛，必如此方尽文章之妙。"可见，《红楼梦》中钗黛二人的性格对照可以说达到了绝佳境界。好的文学作品人物形象复杂性格之间的对照，是最难的，特别是要保持人物性格的独立性和丰富性，同时又能让读者感受到人物各自广阔的性格内涵，展现各自内心的一个生机勃勃的广博世界，既互相陪衬补充，同时又不会成为对方性格的工具和奴仆，更是难上加难。然而，曹雪芹做到了。而且我们可以感受到曹雪芹的确用尽了艺术苦心：钗黛都很美丽，但美的内涵却各有千秋。一个随波逐流，崇尚实际，一个孤高自许，赞美灵性；一个圆融而稍带造作，一个率真而偶觉任性；两人各具其美，但是两人的美却有不可调和的本质区别，无可替代也无法交换。两种性格美都带着难以用语言加以确定的无限丰富的自我世界，在博大的社会背景下，任何一种审美都无法孤立地判断这样两种性格的善恶好坏。曹雪芹没有人工夸大和倾斜某一方，这是某些古典主义和浪漫主义作品中因过度倾斜而把人物性格推向极端化和片面化的手法所不及的。在《红楼梦》中，看不见绝对的好人和坏人，也没有绝对的英雄和坏蛋，只有各种性格特征的人，每一个人都有一个属于自己的内心世界，这就完全不同于中国戏剧的脸谱化所追求的那种极端鲜明的角色特征。

就这一曲《终身误》，我们能感受到宝玉内心随着黛玉的去世而失去灵魂的皈依的那种冷僻和孤寂的内心世界，更能感受宝钗最终也无法融入宝黛二人的灵魂高度的悲哀与失落。

这种较高审美意义的人物对照，在鸿篇巨制《红楼梦》中尚且表达得如此含蓄，更何况生活在现实社会中的人们，善良与邪恶、美丽与丑陋、残暴与仁爱、崇高与鄙俗等诸多性格品质差别，有的时候，会显得更加隐晦。

时光渐老人心淡，何不偷闲学少年

"世人所难得者唯趣。趣如山上之色，水中之味，花中之光，女中之态，虽善说者不能一语，唯会心者知之。"这是《袁中郎随笔·会心集叙》里写的话，回想自己忙碌的时间，似乎已经忘记了山的颜色，花的香味了，唯有安静地坐在书桌前，敲打着键盘，才觉得那个走远的我又回归到内心。

一个人倘若对各种利害考虑得太多，自然被约束得多，那么离开那种心灵的"趣"就越来越少。人处于世，不仅要为了良好的物质生活去奋斗繁忙，更要懂得忙里偷闲，获得生活的美感。

有童心，便可以得到闲趣，才有可能从天地万物、风云变幻中获得一种纯真的精神享受，这种享受与功利无关、与世俗无关，有童心便得闲心，便得到从容与自得的境界。正如清代文学家张潮所说："闲则能交益友，闲则能饮酒，闲则能著书……"这种闲，是一种积极的闲，是一种从容、舒展的精神状态，是一种享受生活、思考生活的精神状态，是具有一种审美的心胸，这种心胸能在人生的波动中保持一种宁静，宁静则能致远，从而能发现一种自由空灵的大境界。

宋代名儒程颢有诗云："云淡风轻近午天，傍花随柳过前川。时人不识余心乐，将谓偷闲学少年。"拥有童心，必然会拥有云淡风轻、傍花随柳的闲情，必然会远离患得患失、滞于一物、囿于一己的不空灵、不自由、不洒脱的功利世界。

春风如一杯薄酒，醉饮时刻听听鸟声；夏风如一碗香茗，品茗时刻听听蝉鸣；秋风如一缕轻烟，袅绕中听听落叶的声音；东风如一味姜芥，享受透彻的秋味时感受落雪的滋润。白昼的棋声，月下的箫声，山中的松声，水际的欸乃声，交织成最安逸的心境，美哉！

春风、蝉声、鸟声这些生活中看似很平常的东西，有了审美的心胸后，都会给人一种乐趣、一种慰藉。难怪李渔说："若能实具一段闲情，一双慧眼，则过目之物，尽是图画，入耳之声，无非诗料。"

具备一双审美的眼睛，就能获得生活的美，前提是拥有一颗怡然自得的童心，并且始终伴随着纯粹的审美情感。

具备童心的人，精神是高度自由的，有彻底摆脱利害观念的纯美精神境界，在这种境界里，会获得一种审美自由，能"乘天地之正气，而御六气之辨，以游无穷"。这种"游"的境界，便是精神境界的大自在，达到一种空明的心境。

"登山则情满于山，观海则意溢于海。"面对自然，能对高峰大海肃然起敬，能让修竹清泉洗涤心灵的尘埃，能在鱼跃鸢飞的时候享受到心灵的雀跃……这种物我交感的境界，把人的生命与宇宙的生命相融合，便会获得一种形式与意蕴相统一的审美愉悦。

难怪，丰子恺作画时候会有体会："画家作画时，眼前所见的是一片全不知名，全无实用而庄严灿烂的全新世界。这就是美的世界。"时光越老，人心越淡。

静静地守着一颗童心的恬然，静守安然，淡漠红尘。世界本来很纯，只是被蒙上了功利的面纱。当人们用超越实用的眼光去审视世界的时候，反而能还世界以本来面目。

《亲密关系》：选择生命所蕴含的真理

疫情封闭期间，我并没有感觉到与世隔绝的孤独。相反，这段时间下来，让我更依恋家的琐碎和温暖。陪着老母亲看电视，做她喜欢吃的家乡风味美食；和先生为了特朗普的言论争得面红耳赤；和上网课的孩子斗智斗勇；和远方的妹妹视频炫耀厨艺；偶尔也和好友在网络讨论下热点问题；想静的时候听着舒伯特写我爱的文字；想动的时候，戴着口罩跑去公园看看那些善良的花草树木……当然，陪伴我最多的，是那些通往我灵魂的书籍，这个假期一大收获是，我把陈丹青笔录木心讲课的《文学回忆录》里的佳句再做整理收集，如：

"希腊神话是一笔美丽得令人发昏的糊涂账。因为糊涂，因为发昏，才如此美丽。"
"像样一点的思想，是有毒的。"
"元曲，是分散的没有精炼过的莎士比亚。"

这样的一些句子，让我惊叹：有种语言的名字只能叫作——木心！我只能怀着敬仰之情认真地收藏。

　　再一大收获是，我读了两遍克里斯多福·孟的《亲密关系》，真切地感受到这本书有通灵的效果，特别对于婚姻生活的剖析，会引导人完成自我解剖最终到达顿悟的彼岸，找到那些藏在人的灵魂深处的各种欲望、愤怒、郁闷以及内省，并且带领人重新去追寻生命本身所蕴含的真理。作者克里斯多福·孟不愧是一位心理治疗师。他运用广泛的经验，帮助人依靠直觉来引导行动，发现自我并找到答案，让人从文字中能体验到活在顺流之中的轻盈，把自己的理论与生活精彩地无缝对接。

　　全书就像一幅自我身心探秘的路线图，让读者穿越亲密关系的复杂场景，完成对亲密伴侣与婚姻关系的精彩剖析。让读者在阅读中随着作者的引导完成与伴侣心与心的沟通，逐步建立起自信与情绪的成熟，把消极的愤怒、怨恨等情绪转化为接受与欣赏，促使读者与自己的伴侣之间找到实质的快乐的线索，突破本来固有的自我保护机制，从而高效能地回应我们内心真正的感受。

　　读书中，我学会了感谢我的先生的陪伴，学会一起去体验对照顾老人后所获得的感恩。

　　在世事繁华中，伴侣，就像一面镜子，如果我们抱着欣赏的目光，接受的态度，就会让我们更加认识自己，最终找回真正的自己。

《一路芬芳》：心灵过滤后的温情抒写

自我感受的娓娓诉说、心灵过滤后的温情抒写，呈现一代人、一群人的集体记忆和发现，传达对严酷的现实充满无惧的热情，最大限度地发挥积聚的生命热能，在纷繁喧闹的生活中保持从容平和的心境。

—— 艾英《一路芬芳》

拿到《一路芬芳》这本书，只看封面，便被那黄色的柠檬和绿色飘零的树叶的完美搭配吸引，仿佛嗅到一股清新的春天的味道，吸引我沿着诱人的芬芳，展开书卷，进入一片纯净温和的世界，聆听作者心灵深处的声音……

曾经痴迷地读完艾英的《在季节深处微笑》《于时间边缘静修》两本书，那些对生活充满感恩的温情、对文学的热爱与眷恋、对文化的理解和对人生的感悟，总是在细微的描写中蕴藏深沉旷远的思考，引起我内心的共鸣。她对亲人、对朋友的细腻情感，让我热泪盈眶。读她的文字，就如饮一杯醇厚、温润的酒，让人透心地舒畅。

再一次手捧艾英的新著《一路芬芳》，进入一个别样雅致的情境。

发现"慢生活"

"把速度放慢，拉长悠闲的时光；把节奏放慢，享受生活中的每一件事。"作者在"慢生活"这一辑中，把繁忙时代的节奏放慢，把平凡素淡的生活拉伸，用心去体悟那些触及内心的点滴。她用相机抓拍"母与子"的温情和关爱；她用坚持和认真在舞蹈中体会盛夏与金秋；她安静地把宅在家里的日子变成在"地图上的旅行"；她安然地在三间半书房里让时光暂停，获得心灵的丰富与安宁……

令我感触最深的一篇散文是《受伤的桂花树》，叙说一棵生长茂盛的桂花树被邻居伤害的遭遇，融入对人性和人情的理性思考和包容万物的境界，含蓄的笔调饱含厚重的思索。其中引用作者先生的诗句："每年开花都晚／今年可能更晚／因为你受了伤／犹如胳膊被砍断……"读者从诗中感受主人对桂花树的真挚感情。树如人，自然万物皆值得尊重，更何况是一棵奉献绿荫和芳香的桂花树。在经历心疼、气愤的情感历程后，作者最终回归理解和宽容，让文字升华新的高度。最后对邻居的淡淡一笑、微微点头、轻轻问好，正如桂花树重新散发的馨香，为慢生活增添一缕迷人的光环，令人备感舒服、惬意。

定居"心安地"

　　近园、未园、青果巷、大庙弄、古运河……江南，如一位宁静温婉的少女，让无数文人墨客爱上了她。一位来自东北的女子也用自己的方式爱着江南，她把爱的点滴，撒向承载历史文化的建筑、弥漫文字香味的书屋以及"老字号"的小吃。自然与人文交替、生活与灵感融合，令人回味无穷。常州，是作者定居的地方。20世纪80年代，这位东北女孩带着她的爱情、理想和对生活的憧憬，来到常州，从此留下难解的情结。这里是她的心安之地，在这一辑里，她用朴实、细腻的文字表达对生活之地的深沉情感。小桥流水的江南风情、青砖黛瓦的烟火人家、悠长弄堂的静谧氛围、古色园林的历史承载，都成为作者笔下最深的依恋；在行走中偶遇到的清新、雅致的书店，成为她在繁华深处的知音。她把生活中的人、事、情完美地融入自己看到的物、景、境里面，犹如一首唯美而灵动的乐曲，值得细细地聆听、品味。

感悟"书边语"

　　法国作家罗曼·罗兰说："和书籍生活在一起的人，永远不会叹气。"一位灵魂有香味的女子，一定是爱书的。作者是位爱书的女性，在这一辑里，记录她与书的交流与默契，她与赠书人的缘分与情谊。在读书、编书、评书、写书的过程书中，她在《活着，走着想着》中体悟99位作家（包括她自己）的行与思；在《戛然而止的幸福生活》中感受作家裘山山笔下忧伤苍凉的人生况味；在《送你一束腊梅香》中闻到悠悠的清香和淡淡的情韵；在《老宜昌 —— 往事不如烟》中打捞老城的记忆，感受浓烈的生活真味；在《小味道：藏在味蕾的乡愁》中追溯饮食文化的精神价值；在《停歇之书：给自己留点空白》中去探寻藏在文字里的灵魂深意……作者一次次悠然自得地在书香中完成深入灵魂的阅读体验。作家三毛说："许多时候，自己可能以为许多看过的书籍都成了过眼云烟，不复记忆，其实它们仍然是潜在的，在气质里，在谈吐上，在胸襟的无涯，当然也可以显露在生活和文字里。"这让我想起在一次作协会员采风活动中，初次见到作者的那一刻，她对我说的第一句话是："很多年前，我们就有过文字交流……"她的话朴实、温暖，她的微笑让我踏实、自在。

寻觅"在远方"

作家毕淑敏说："趁阳光正好，趁微风不躁，趁繁花还未开至荼蘼，趁现在还年轻，还可以走很长很长的路，还能诉说很深很深的思念，去寻找那些曾出现在梦境中的路径、山峦与田野吧。"

从西藏纳木错的湛蓝湖水到呼伦贝尔静谧安详的大草原，从一尘不染的洱海到傲然神奇的黄海森林……她用行走，诉说对大自然的思念，享受自然、诗歌、艺术与旅行相融后的精神滋养。"在远方"这一辑，是作者把生活、诗和远方完美地相融后的柔软时光印记。

一簇路边的芦苇、一条清澈的小溪、一行土家人的摆手舞、一条有酒吧和咖啡馆的古街、一行在大海边观看日出的剪影……所有的一切都能触动作者内心的情愫。她用自己的方式穿越那些寂静的山庄，去呼兰河寻找萧红文字里的深情。她在行走中把梦幻、温馨、美好的瞬间，转化成充满诗意的文字，表达不尽的愉悦和幸福。

沉浸"旧时光"

　　每个人，都有一段回忆；每一段回忆，都有由时间、地点、人物组合而成的密码，只要密码组合正确，无论尘封多久，最终都会被重新拾起，成为生命最美的部分。"旧时光"一辑是我最喜欢的部分，犹如一部时光放映机。在这里，我看到那些美丽而充满朝气的青春年华，看到在那个热情洋溢、奋发向上的年代，一群年轻人如何用真诚而炽热的心去撞击全新的世界。那坐着绿皮车上离开家乡、离开父母的场景，让我拾起自己尘封的离乡时的记忆。"绿色车窗，是世界向我打开的第一扇窗口。"这句话，深深地触动我的内心：那年那月，我也曾朝打开的绿色车窗外远眺，抱着我的诗意和理想，踏上远离故乡的旅程……沉淀在岁月深处的爱情、友情和亲情，铸成一台古式的留声机，播放出沉郁而悠扬的乐曲，值得你用余生去品味，难怪木心说："从前的日色变得慢，车，马，邮件都慢，一生只够爱一个人。"

　　读完《一路芬芳》，我不由得在纸上写下几行诗——

　　行走在文学的世界里
　　她对生活爱得如此深沉

如温柔的溪流
流过宁静的家园
那是心灵过滤后的温情
心如莲花
方得一路芬芳

和 音

对于生活，我更多的是体验和聆听，生活是扶着年迈的母亲去数阶梯，是下雪的时候感悟到那种充满神性的空旷和寂静，是看校园里有只流浪狗无拘无束地观看球赛。生活中的微笑有时候与快乐无关，我只需要在蓝天下，在繁华中，看到我自己就好。

家有网购老人

七十多岁、一直嫌智能手机太烦琐的母亲，最近变得时髦起来。

一天，母亲对我说："你妹妹给我的那个智能手机简直太 low 了，点开什么都卡住不动。你快去给我换个好点的，速度快点的，我要到美团点外卖，还要上京东购物。"

听完老母亲的话我大吃一惊："我的亲娘啊，你居然说出'智能手机太 low 了'的话！"

母亲得意地看着我，补充道："过年的时候小豌豆就这样说的，你赶快给我换个！"小豌豆是母亲 10 岁的小外孙女。

我恍然大悟：是后浪在把前浪往时髦的路上带啊！

刻不容缓，我火速给母亲换一台较高配置的智能手机，于是，老人家的幸福度立刻上升，不断称赞："这个不错，不错，速度快多了！看看这色彩，还有这手感，奥里给！"我呆呆地站在边上，在这位老人面前，我感觉自己像个被时代淘汰了的局外人。

自从有个手感极好和速度超级快的智能手机后，我发现母亲的生活，多了许多内容。一天下班回家，听到她正在打电话："哦哦，好的，你慢点骑车啊，不用着急，我在家的，你到了大门的地方摁我家房号，我就给你开门啊，你摁门铃的时候一定要抬头，让我看到你的样子啊。还有你千万要慢点骑车哈，安全第一！我不着急的！"我知道，母亲是又接到美团骑手电话了，每次跟骑手说话，她总会千叮咛万嘱咐，而且通完话就会提前站在对讲门铃那里等着，盼望从门铃里看到骑手的身影。精明的母亲每次都会在门铃里确认骑手的身份然后才开门。接到商品后，还会给骑手点个好评，口里不断唠叨："小伙子真不容易，我给他点个好评，他会有奖励的！"然后，兴致勃勃地打开自己点的美食……

我连连为母亲跷大拇指："老人家，你已经是美团达人了！"

母亲开心地说："你以为我年纪大了，就 out 了吧？告诉你，后浪不努力的话，也不一定能超过前浪哦！"

我知道，老人家前两天才看完哔哩哔哩视频网站《后浪》的视频，这会儿用上了。

之前没有什么来电的母亲，如今，会接到骑手的电话，商家的电话……每次，母亲总会拿起电话兴致勃勃地用普通话聊上几分钟，倍有成就感！

我开玩笑说："亲娘，您聊的不是商品，是寂寞吧！"

母亲笑着唱道："我就是这栋楼最能聊的奶奶……"

一天，我拆洗房间枕头，发现母亲的枕头下面有一个小本子，我好奇地打开一看，上面居然密密麻麻地用钢笔写满字和各种符号，有微信图形、美团图形、淘宝图形，美团使用步骤、淘宝使用步骤，WiFi 账号、密码设置步骤，微信登录步骤，如何添加电话号码步骤，如何发微信语音、视频步骤等。

我感慨万分，我拿到的，是一本网购老人的成长秘诀！心中也暗暗为像母亲这样历经沧桑却还在努力融入时代的老人点赞。

陪母亲吃饭

清晨出门，母亲还是如往常一样问道："今天回来吃饭吗？""不"字还没说出口，便卡在我的喉咙里。仔细算算，近两个月来，由于工作忙，仅陪母亲吃过两顿饭。时间好像变成被风偷走的柳絮，悄悄地掉在母亲的发丝上，而我，居然忘却来自苍老的年华给予岁月捎带的那些寂寞的问候，愧疚也如同沙漠里奔走后的脚印，被忙碌的黄沙掩盖了！

"回来吃！我想吃您炒的青椒土豆丝，多整点儿啊，不要不够啊！"我连忙回答。

掐指一算，中午有两个小时的空隙。

回头，看见母亲脸上的皱纹被笑容挤成了一朵花。开心的话语传到我耳朵里："好嘞！给你多炒点！"

中午回家，母亲果然早已做好了一桌饭菜，还特意做了老家的木桶饭。动作缓慢的母亲应该是从我早晨出门就开始忙碌了吧！我二话没说，赶紧狼吞虎咽地大吃起来，我深深地知道，母亲最喜欢看的，应该是我毫无淑女感的吃相吧！在老人的眼中，我需要永无止境地吃东西，才能抵挡得住这世间的风霜雪雨。

母亲笑眯眯地说："你看，我就知道你们平时单位食堂的饭菜肯定不合你的胃口，还是我做的菜好吃吧？"

我赶紧回答："那是！那是！"此刻，我知道太多的话都比不上我多吃点饭能让眼前的这位老人开心，继续大口吃饭。不知道从什么时候开始，作为女儿的我，便这样恶狠狠地占据着这位老人内心的情感世界，哪怕身体虚弱，哪怕动作迟缓，哪怕一顿饭会让她忙碌一上午……母亲还是这样幸福地看着我索取着她的劳动果实，那些无限的光辉和爱，都在我的大快朵颐中得到了解释和升华……

吃完饭，等我把厨房里掉落满地的各种调料、油汁、菜叶清扫干净，母亲已在客厅沙发上睡着了。

我悄悄掩上门，奔向单位。我想，母亲此刻应该正在美丽的梦境里畅快地遨游吧，那些被风偷走的柳絮，一定会化作安静而神圣的雪花，静静地，落在母亲的心灵深处……

驱车回单位的途中，听到车内广播传来主持人磁性的声音：

当某一天，你穿好一套自认为漂亮的衣服，却发现只有镜子里的自己在欣赏；

当某一天，你做好一桌子自认为美味的饭菜，却只有独坐桌旁的你一个人品尝；

当某一天，你拿起电话却不知道要拨打给谁……

你是否想过，数年后，这就是白发苍苍的你的晚年？

主播的声音有些哽咽，我的眼睛也有些模糊了……

你安好，我无恙！

当忘却的救主①快要带走那些封闭的日子的时候，母亲手上的温暖还保留着今年的那个特殊的元宵节，在母亲节到来的日子，元宵节的印记成了最美的礼物。

—— 题记

元宵节，却有一种莫名的空洞与悲伤袭来。即便是看到许多歌颂英雄的诗句，我似乎也已经麻木了。疫情还在扩散，人们在缅怀牺牲在一线的医生，忘记了元宵节的灯谜和欢笑，整个天空，黑压压的，似乎写满了祭奠两个字。

早晨醒来看到常州原本最健康的金坛区也有了首例病患，心里更加不是滋味。不知道从什么时候开始，我最怕打开手机看到那张染有血色的中国地图，一直心中默默祈祷它的颜色会越来越淡，直到雪白。

单位群里，有人发了一句："这样的日子，什么时候才

---

① "忘却的救主"引用自鲁迅《纪念刘和珍君》，指忘却。

是个头啊！"是呀，当整个城市被按下了暂停键，火车站空了，机场没有了人烟，商场的门紧闭着，小区与小区间加上了防护的屏障，人与人之间隔上了口罩，偶尔一辆画着十字的白色车子行驶在街上，可怕的病毒还在肆虐！

大家唯一可以交流的，就只有网络了。同学群、同事群、业主群、文学群、孩子的班级群……各种网络连成的新的世界，在不断发布各种消息，仿佛每个人都能够坐在家里，掌控整个世界一样！最初，在各种群里，会因为一个人发了一则不知道真假的信息或者视频激烈地讨论，那种激烈程度，仿佛能看到屏幕后面的面红耳赤。也有喜欢调笑恶搞的幽默人士，用自嘲的方式发送宅在家里的各种创意视频，看见的人们也会禁不住笑一笑。后来，各大群里，发布各种紧急扩散的通知越来越多，调笑自嘲的视频也越来越少了，紧张的空气，似乎把许多人天生的幽默感也抹杀了。再后来，各种封闭信息迎面而来，高速封闭、小区封闭、村路封闭……空气，也仿佛紧锁了，好长一段时间，各大群里，静默了许久！

封路了！对于家里有透析病人的家庭来说，充满挑战。而我，就是透析病人的家属。一周三次，必须要带着母亲到离家最近的一个透析中心去透析，刚开始，我最担心的是口罩，一周三次，意味每周至少需要 6 只口罩。在这样一个病疫猖狂的时刻，口罩的紧缺程度可想而知。我们全家下载了可以预约口罩的 APP，可是，却从来没有预约上，那种网络秒杀的速度，永远超出人的意料。万幸的是，家附近的人寿天药房还可以每天限量供应口罩，于是，每天早晨，7 点起床，拿着身份证，去排队买口罩，等到8点30分，排到前40名的，可以买到口罩。我深深地感到，从没有一种喜悦，能超出我双手接过药店店员递给我一包用蓝纸包着的口罩的时候的那种喜悦，我小心翼翼地捧着手上那蓝色的精灵，仿佛捧着这个世界上万人瞩目的至宝一样！手里捧着它，就像捧着希望和骄傲！

　　城市封闭后，带着母亲去透析，从家到医院，要过四道卡口！小区是第一道。出小区的时候，憨厚老实的戴着口罩的保安会给我和母亲测体温，然后递给我一张小区通行证，一张红色的卡片，接过它的时候，我感觉到沉甸甸的，生怕丢掉，甚至偶尔脑海会幻出自己就是那谍战片里要去执行重大任务的地下党员一样。

　　继续朝前行驶在龙业路上，马路显得空旷而寂寥，几处路口都已封闭，绕过龙虎塘大街，终于看到可以通行的路口，几位穿着红色马甲的志愿者手里拿着额温枪，示意我停车，按下车窗，继续测量体温，正常，放行！寒风中的志愿者们，没有太多言语，我只能看到他们的眼，友好而关切，坚定而执着！

　　再继续向前行驶，我得从一个路口上到通江大道，在大道口，穿着制服戴着口罩的警察示意我停车，按下车窗，测量体温，并问我去哪里？去做什么？我一一回答。当得知我车里坐的是透析病人的时候，那双原本严厉的眼，立刻温和下来。并且叮嘱我赶紧关上车窗，别冻着老人。我注意看了一眼这位年轻的警察，说了声："谢谢！"坐在一旁的母亲点点头说:"这位警察小伙子,还挺会关心人的,这么冷的天,每天都站在这里,也真不容易!"我知道,这位白发老人,是像心疼孩子一样,在心疼那位穿着警服的小伙子。车窗外虽然寒冷,车内却异常温暖!

我继续驾车行驶,透析中心所在的A地封闭了!入口在哪里呢?我努力寻找着,看着各种封闭栏上写着防疫标语,内心一阵焦灼。终于,一个站满了警察的入口映入我的眼帘,我看着前面一辆车的驾驶员在向警察出示驾照,配合测量着体温。我也赶紧准备好所有需要检查的证件,当我按下车窗,告知警察我是带透析病人去透析中心的时候,这次是位年纪稍长的警察,他连连点头,迅速为我们测完体温,细心叮嘱:"注意安全驾驶,照顾好老人!"我感激地点点头,道声辛苦,继续前行……

经过重重卡口,最终我还是带着母亲顺利到达透析中心。一路上,年迈的母亲神情安详而平淡,偶尔会夸奖警察、志愿者和保安们负责的态度,也为远在老家奋斗在抗疫一线的在医院工作的妹妹担心和骄傲。

我问母亲:"检查的时候要开车窗,冷不冷?"

母亲说:"不冷,还挺暖的!"

回到家,我给家人每人煮了一碗元宵,看着家里墙上挂着的那个大大的中国结,我默默在心里写下这个元宵节最美的祝福语:你安好,我无恙!

清晨的新区公园

我喜欢晨练，每天跑步到新区公园，能听到林子里最动听的鸟鸣，这种自然界最干净清脆的声音，与那些热爱生活的晨练爱好者矫健的步伐形成一种和谐的旋律，让冬日的阳光也变得温柔起来。

我喜欢看被风吹落的黄叶轻轻地停留在红色的塑胶跑道上，像是自由的精灵在寻找皈依，又像是离开母亲的孩子找到了艳丽的游乐场，一切，都在彰显生命的意义。我喜欢早晨的公园，每一处景，都能让人感觉到一天即将开始的朝气。入口处的广场上，总会有一群身姿矫健的老太太，在用她们的节奏欢舞属于她们的生活，她们心中永远不会吟诵"夕阳无限好，只是近黄昏"的诗句，因为，她们总是迎接朝阳的那批人，展现在她们身上的淡定和从容，或许是人生中最曼妙的风景。人的一生，真的不需要太多清晰的记忆，只要每个片段都有你喜欢的爱和暖意，犹如琥珀一样，和你的心灵凝结在一起，便会让光阴也丢失了前后的顺序。

公园一角，每天早晨，几位道长会练习他们熟练的一套拳法，时常会引起几个人的围观和掌声，一位老外爸爸举抱着一岁多的孩子高呼"中国功夫",孩子嘎嘎的笑声,让道长们的拳法更加有力起来。不远处一位戴着黑色鸭舌帽的老人,抬头看一看,笑一笑,继续舞动着手上那支沉重的毛笔,蘸着边上一桶清水,地面上的文字便飘若浮云,矫若惊龙,老人更是多了几分清风出袖,虚怀若谷的神气,几个人围上来的时候,老人便兴致勃勃地介绍起他的书法风格来,神情淡定从容,传以"笔法尚圆,过圆则弱而无骨;体裁尚方,过方则刚而不韵"云云。

"我爱祖国的蓝天,晴空万里阳光灿烂,白云为我铺大道,东风送我飞向前……"一阵粗犷的歌声传来,湖边,一位身材魁梧的大汉正对着湖心高歌,声音有些嘶哑但能听出在竭尽全力吐露内心的感慨,有时候听起来歌词已经不在调上,但是又有什么关系呢?水里的游鱼并不嫌弃,远处湖面的几只野鸭听到歌声,拍打着翅膀,似乎想为歌者伴舞……

一切都是那么和谐而自然,跑步的人依然在跑步,打拳的人仍旧在打拳,广场舞的节奏照常欢快,在地上奋笔疾书的老者还在挥舞他心中的道……

清晨的公园,有一种淡泊的美丽和彼此和谐相处的舒服感,更有一种智慧、一种超脱、一种宽容和理解,一种饱经沧桑的充实和自信……

难怪,我会如此炽热地爱上那些有黄叶飘落的早晨,爱上那些能驾驭清风和朝阳的坚定和成熟……

老伴

落笔前，李奶奶问我："能不能把那些生活的苦难以及晚年岁月的沧桑都去掉？只给我留下美丽的爱情？"我说："好！"于是，这个故事，离生活似乎很远，离人很近……

—— 题记

清晨的阳光照在阳台的摇椅上，伴着一股热带植物和海水混合的味道，晴朗的天空让时间显得有些慵懒，在北海市南珠大道与台湾路交会处的一座大楼的一居室里，住着一对老人，他们正用生命的最后一个三分之一，延续着前世的缘。幸福其实很简单，只要你愿意把相濡以沫的日子每天都过成一首诗，那么，那生命的三分之一，三分之一里的每一秒，就像蔓延着的色彩，逐渐占满那个生命的圆圈，变成朝阳，变成宇宙，乃至变成无极的永恒。

李奶奶年轻的时候就爱运动，年近六旬的她看起来比同龄人要年轻许多，两鬓虽然斑白，但是挡不住她内在的神韵和气质，一双大眼睛仍然那么有神，脸色红润，身材苗条，爱美的她喜欢在清晨闻到海风带来的味道，那是一种带着咸味的自由的味道。在老伴眼里，她就像个永远长不大的孩子，每天清晨，她还是喜欢沿着海岸线跑上一圈，而他的老伴王大爷，此刻正在为李奶奶准备她爱吃的早餐，他愿意倾注全身心的爱在这个时髦的小老太太身上，因为她是他的魂，王大爷最担心的是，他要是早走一步，留下孤独的李奶奶该怎么办呢？所以，他把每一天，都努力过到美的极致。

　　李奶奶跑步回来，她爱吃的百合粥已经摆在桌上，一个鸡蛋一碗粥，她说："百吃不厌，里面是老伴儿的爱。"王大爷喜欢笑眯眯地看着李奶奶吃东西，每次吃完，都不忘记赞美一句："你这样吃东西的状态最美，瞧，脸色越发红润了！"李奶奶吃完也不忘记在老伴儿的脸上亲一下，表达谢意。每当此时，王大爷便乐开了花，他说："我就是你的钟点工，唯一比钟点工好点的，就是可以得到你的香吻。"李奶奶乐呵呵地回答："这最高的劳动奖赏，只有你才配！"

　　早餐后，李奶奶爱在窗前写诗，他把对老伴儿最深情的爱藏在她的诗歌里，书橱里那一摞红色羊皮笔记本里，记录着她对王大爷的爱。多年来，她已经习惯了王大爷的呵护，王大爷是她的厨师、按摩师、理疗师、营养师、洗脚工、修脚工……她也习惯了生活里有他，就像她的诗歌里永远有太阳一样。她清楚地知道，如果她的生命里没有了王大爷，她的诗也会变得冰冷彻骨；她的世界，也会只剩下寒冬里的那棵没有叶子的树，孤独而凄清。她曾在一首诗里这样写道：

如果，我从来没有感受你的温暖

也许，我会习惯寒冷

也会习惯面对世界的冷漠

然而，你却用你的一心呵护

铸就了一个脆弱骄横的我

如果将来

你的离去若落叶纷飞

那么

我定成为迎接你的泥土

我们于是便随风相融在

无边的宇宙里

　　这首诗王大爷并没有读过。这是深藏在李奶奶内心深处的约定，王大爷比李奶奶大六岁，他希望把多出来的六年变成凝固的冰，放在冰冻柜里，在生命快枯竭的尽头，再拿出来，融化成温柔的岁月，可以多为李奶奶梳几次头，感受那些从青丝到白发变化的瞬间，王大爷并不畏惧死亡，他畏惧的是离别，因为有牵挂和不舍，他知道李奶奶如果在没有他的世界里活着，海水就会变成她的眼泪，他又怎么忍心，让那个可爱的小老太太红了双眼，碎了心……

　　"老头子，我腰疼，我要按摩！"李奶奶习惯了使唤老伴儿。

　　"来啦来啦，今天坐着的时候又忘记放靠垫了吧？你看你，我稍不留神你就任性！"王大爷一边按摩一边唠叨。

"老头子，晚饭我想吃你做的清蒸鲈鱼。"

"老头子，晚饭后陪我去看夕阳吧！"

"老头子，我的脚指甲好像有点长了。"

"老头子，我的腰围是不是又粗了？"

"老头子……

和 音

看 雨

本是想到迪诺水镇散步，结果一场雨，把我留在了这里的星巴克，或许老天是想留住一句路过的诗，留住一篇润湿了的文章，抑或，留住那些只有在雨天才能重现的记忆……

一杯原味拿铁，坐在星巴克的玻璃门后面，看雨。

星巴克里没有音乐，只有咖啡的浓香。目测一下，连我总共坐着五个人，都独自掌握自己的空间，在没有尘埃的夜晚，这也是难得的享受了。

外面的夜晚本应该是繁华的，在晴朗的日子里，观光塔下的东经120度步行道上，穿戴五颜六色的小丑手拿各种气球逗得路过的孩子们哈哈大笑；五彩斑斓的马车带着游客奔跑；魔术用品店的店员在兴致勃勃地表演着魔术吸引着路过的人们；还有陶笛店门口婉转悠扬的乐声……而此刻，所有的热闹，被这场突如其来的雨洗刷得无影无踪，反倒显得宁静清爽许多，路面异常干净，雨存在的意义，我想，除了丈量天地间的距离以外，应该还可以拉近人与思想的距离吧？

淅淅沥沥的雨声，幻成最美的音乐。

这个调皮而变化的天使，毫无顾忌地轻轻地贴近大地，

169

逐渐在泥土中消融，沉静的一生便就此结束了。

不过，也可能落入湖面，掀起涟漪；落在人们的脸上，化作微笑；落在多情的人心里，流成牵挂和思念……

上小学时，我住在父亲厂里，家里到学校的路一到下雨天会有好几段小路全是泥泞，所以，大凡下雨天，父亲总是背着我去上学，我就能在父亲宽厚的臂膀上听风、看雨。身强力壮的父亲背着我在雨中健步如飞，谁也赶不上。我在父亲背上骄傲地朝着那些被父亲甩在后面的人们开心地大笑，充满胜利感和自豪感！偶尔雨水会飘到我的脸上，或打湿我的半边衣裳，我却倍感舒服。

因而，那时我常盼望下雨，只要下雨，父亲就像英勇的骑士，带着我飞奔，风雨就会被丢在后面。

数十年后，我才明白，我对雨的期盼里，其实隐藏英雄情结，现在我还爱看那些雨天没有撑伞狂奔在泥泞路上的人们，他们湿了头发、衣服，还有原本干净的鞋子，却仍然在拼命奔跑，从没有停歇；我看着那些身影，也逐渐看到那些从心灵深处逐渐成长起来的英雄情结……

如此幸运！一个不小心，我就被一场雨留下来，有了看雨的时间。

"风雨送人来，风雨留人住。"大概就是我此时的感受吧。

用最美的心情行走

在这个充满诗情画意的季节，踏青，是最惬意的享受了！四个女人在一个阳光不是很明媚的早晨，驾车出发了。只是为了去一个叫雪堰的地方，享受一场属于春天的视觉盛宴。

美女摄影师宁是典型的摩羯女，出发前就开始仔细安排所有的细节，与当地的摄影师联系地点，考察天气情况，交代我们穿什么样的衣服适合拍摄，在什么地方集中……或许，对于摄影师来讲，对自然最深情的拥抱，就是记录下那些最美的瞬间吧！到达雪堰第一站，当地的摄影师朋友许老师带我们进入一片粉红的世界。初进入桃林的时候，内心一惊。因为映入眼帘的全是姿态一模一样的桃树，乍一看，像古代帝王后宫里穿着统一粉装的妃嫔，不仅身高相似，连弯腰的媚态似乎都一样。我顿时感觉自己像盛气凌人的帝王，高傲地行走于妃嫔之间。然而内心又有些失落，为那些被修剪掉的枝叶惋惜，虽然有了一种被雕琢后的统一姿态，却缺少了些天然的风姿，不知怎么的，突然想起龚自珍的《病梅馆记》里的那些被斫直、删密、锄正过后的梅花来。我想，今天的这些桃妃，跟龚自珍笔下的梅妃相见，一定有说不完的苦衷，然而都各有其存在的意义吧。

曾有朋友说最受不了的就是你们这些玩文字的人，看到点小东西便生伤春悲秋的小心思。的确，这点小心思，跟大自然的无穷馈赠比较起来，实属渺小。少思少虑，单纯地拥抱自然，才是王道。我且尽情享受这大自然的无穷馈赠吧！

当两位摄影师有节奏的快门声响起来的时候，我们便完全陶醉于那些被清风吹散的花瓣里，陶醉在那绿色的草坪伴着的一股股泥土的清香里，忍不住奔跑、欢唱。灵感也如同跳跃的音符，撞击内心深处的那种舒服和恬淡，吟诵从灵魂深处流出来的诗："闲来入春山，夭夭桃欲燃。永离尘世累，心旷啸长川。"

我们一路往前，村落里显得异常安静，有种"芳树无人花自落，春山一路鸟空啼"的境界。这种令人舒服的宁静与恬淡，刹那间让人回归到了本真的状态，忘却了那些刻在时代背景下的浮躁，也忘却了物欲给人留下的迷茫。

美学家李泽厚曾经说的一段话让我印象深刻，他说："人要返回真正的人，就得摆脱被欲望所异化的状态，人常常变成了机器的一部分，工作和生活都非常紧张、单调而乏味。因此，一到工作之余就极端渴求作为生物种类的生理本能的满足，陷入动物性的情欲疯狂之中，机器人就变成动物人。这样，人实际上成了一半是机器，一半是动物。"

很庆幸，我们没有被欲望所异化，仍然存在追求真善美的本能，仍然有属于自己的自由时光，仍然在用最美的心情行走，随心地俯拾起那些纯自然的心灵碎片，完成作为人本身的真实回归。

感受一路的鸟语花香，我们继续朝美术馆、回民村出发，去捕捉那些触及人灵魂的美景。

星巴克里的故事

很长时间以来，我一直喜欢星巴克，不是因为这里悠扬的音乐和香浓的咖啡味道，而是因为，在这里，我能看到无数生活的画面，获得无数的灵感和素材。哪怕是有意无意地听着各种聊天的声音混杂着欢快的爵士乐，我便可以尽情地敲打键盘，完成"人间喜剧"的撰写。

自从做了周末陪读妈妈，我到星巴克的时间很早，几乎是一开门就去，很喜欢一推门听到甜美的一声："早上好，欢迎光临！"几位年轻的姑娘和小伙子充满着青春的朝气，热情地招呼着顾客，于是要一杯拿铁，伴一台电脑，便开始了我的周末生活。最初只有依稀几个人，慢慢地，人越来越多，于是，星巴克里的故事就开始了。

光临星巴克的有各色人等：谈生意的伙伴，等孩子的家长，带孩子的妈妈，聊家庭聊孩子又想抓住青春尾巴的闺蜜，同喝一杯星冰乐表达爱意的年轻情侣，提着电脑工作的白领，还有看足球，看娱乐新闻的独行侠……他们坐在属于自己的位置上，做着自己的事情，互不干涉。大家喜欢这个地方，因为这里的民主与平等还有约定俗成的和谐，你可以要杯咖啡坐一天，也可以什么都不要坐一天，偶尔还会有服务员送上新制的甜品尝尝。这里似乎已经没有了美式印记，众多的中国元素，占据着主导地位。

我几乎每周都能碰到一对母女，妈妈三十出头，女儿大概七岁左右，应该是在上一年级，孩子活泼伶俐，妈妈认真严肃。她们来星巴克，是为了完成周末的作业，孩子进门后会开心地点好自己爱吃的早餐，然后，开始做作业。做作业的过程是漫长而痛苦的，因为整个过程，充满着母亲的各种无奈与崩溃的表情……

"一个面包 2 块钱，买 3 个面包怎么是 3 块钱呢？"妈妈指着孩子的作业本。

"是 3 块钱啊！"孩子天真地说。

"看，这是 1 块钱，给你，再给你 1 块，再给你 1 块……"妈妈把餐巾纸撕成小条，一共拿了"10 块钱"给孩子。

"现在，我来卖面包，我这里有 3 个面包，你来买，好不好？"

"好耶！"孩子开心地回应道。

母女俩开始了买面包游戏。

"给你一个面包，你给我多少钱？"妈妈递过一个揉成团的餐巾纸扮成的面包。

"2 块钱，给您！"

"好，再买一个面包，你再给我钱！"

"好，再给 2 块……"

"喏，你看，现在你买了 3 个面包，你花了多少钱？"

"2块钱！"孩子马上回答！

"你数数啊，我这里是卖3个面包的钱，是2块吗？你脑子想什么呢？"妈妈有点按捺不住了，但还是忍着情绪，压低声音说道。

"1、2、3、4、5、6。"孩子开始数"钱"。

"数清楚了吧？那你买三个面包一共花了多少钱？"妈妈似乎有了一丝希望，继续问道。

"嗯……我不知道，我饿了，妈妈，我要吃面包！"孩子有些不耐烦。

"给我算出来再吃，不然不准吃！"妈妈真火了。

"我饿了，我算不出来……"孩子满眼含泪，要哭的样子。

最后，妈妈无奈地走向柜台，给孩子买来面包，直到吃完面包，题目还是没有算出来！妈妈一直抱着头，目光绝望地盯着孩子，目光里写着：这娃是我亲生的……

星巴克里经常会聚集着一群年轻的妈妈，无拘无束地侃着自己的老公、孩子和婆婆。

"哎，你们家孩子在学乐高吗？我知道一地方，特别好，推荐给你们啊……"

"别提了，我都累死了，我们家那孩子奶奶，也不知道怎么突然顿悟了，要享受生活，天天打扮得花枝招展，跑外面去旅游，从来不帮我带孩子，哎，命苦啊！"

"老人带孩子也不好，使劲儿给孩子吃，我们家就是，吃成一小胖墩，婆婆还说可爱！"

"我觉得我现在过的是丧偶式单身妈妈的生活，我们家那老公，我有半月不见他人影了，哎哟，都不知道我为什么要给他生个孩子！"

"别指望老公了，现在的男人，不是妈宝就是游戏瘫子，要不就是工作狂、夜游神……算了，算了，女人还是好好善待自己吧！听说五一购物中心有打折活动，约不约啊？"

"唉，我现在都不想逛街了，你们看看我都胖成什么样子了，想想之前我那苗条的身材，光亮的皮肤，哎，自打有了娃后，我就是一个廉价保姆！"

……

妈妈们天南海北地聊着，时而传来哈哈的笑声。

另外的角落，一对小情侣正幸福地沉浸在两个人的世界里，外界的一切，都是虚无，甜蜜地对视，才是他们最美的享受！

还有几位商人模样的男士，正在远处的一张桌子旁，兴致昂扬地聊着属于他们的世界……不远处，一位时髦的"独行侠"悠然地刷着手机……

我静静地坐着，写着星巴克里发生的各种故事，也仿佛看到星巴克的创始人舒尔茨小时候偷咖啡给父亲的情景，注定，一杯香浓的咖啡，连接着的，是一种情义、一种希望、一种无拘无束的倾诉！

这里已经不再是单纯喝咖啡的地方，倒有点像老舍笔下的"茶馆"，人间万象随时可以在短暂的时间上映。还不需要像蒲松龄那样摆茶倒水，各种真实的故事就会跳进你的耳朵。因为，这里，是个自由得可以有故事的地方。

　　来这里的人们，不用向往春天的花红柳绿，更不用羡慕郊外的山清水秀。这里没有泥淖的气息，更没有功名的深渊，反倒多了些许温暖的柔性魅力和色彩，因为每个人，都在自由地绽放着自己的故事，品尝咖啡里的生活味道，这里有一种个性精神，却又融入一种大众文化，如此，便增添了它的魅力了！

"周姑娘"

母亲生病手术后，精神不比从前，忘性特别大，两鬓更白了，走路更是无力。可是母亲特别不愿意我们把她当成病人和老人，她的心中，还藏着个年轻时候的"铁姑娘"称号。而且，母亲变得越来越孩子气了，母亲姓周，我叫她"周姑娘"。

掉饭粒

母亲吃饭时常掉饭粒了。每天吃完饭，母亲坐的位置地上总是很多饭粒，面前的衣服也总会染上汤汁。饭毕，母亲常常看到身上染了汤汁的衣服问：

"这衣服怎么又没洗干净？都好多次了！"

我假装仔细看看，惊讶道："哎哟，我咋老洗不干净呢！"

"你这孩子，做事从小就粗心！"

"哎，我该打，该打！"

母亲走到沙发前坐下继续看电视，我默默低头捡着地上的饭粒，感觉到有种心疼叫作 —— 为母亲捡饭粒。

打牌

晚上，和妹妹、妹夫一起陪母亲打双升。我和母亲一组。

母亲："双升的规矩我先说下，叫主牌必须带王，叫红色组牌必须带大王，叫黑色主牌必须带小王，要反主必须带对王！"

在母亲的规矩下，双升第一轮开始。对家顺利地叫了黑桃主牌，正当妹妹准备去拿8张底牌准备打庄的时候，牌早已被母亲收走，母亲认真地研究着手里的牌，这一轮，我们顺利地打了一圈以红桃为主牌、母亲坐庄的双升，而且顺利地升级！

妹妹、妹夫和我大夸母亲牌技一流。

母亲像个孩子一样笑道："我打双升的时候，你们还没有出生呢！"

这的确是实话。母亲笑成了7岁的孩童！

洗碗

这几天吃晚饭的时候，母亲总说："你们工作辛苦，吃完饭你们歇歇，我来洗碗！"

饭毕。母亲一边唠叨我还是没有把她的衣服洗干净，一边回沙发看电视。

我大喊："周姑娘，快去洗碗啊！"

母亲恍然大悟："哦，对，忘记了，我来洗碗！"

母亲缓慢走到厨房，开心地把碗洗完，然后坐沙发上开始跟我讲述她看的电视剧，我偷偷向先生使个眼色。他会意地走进厨房！

先生跟前几天一样，悄悄到厨房，擦干净地上的水，偷偷把碗橱里还有油污的碗筷重新洗一遍。

我们都夸母亲把厨房收拾得很干净，于是母亲要求每天她来洗碗。

于是，我每天都会提醒："周姑娘，快去洗碗！"

看电影

我对女儿说："今晚我们走去迪诺水镇看《哪吒之魔童降世》。"

母亲："我也想去看。"

我："好吧，我们一起去。"

扶母亲来到电影院，电影开始。

母亲埋怨道："哎呀，原来是动画片啊？不好看，不好看！"

女儿："外婆，这叫动漫，很好看的！是饺子的作品，他是个奇才。"

母亲一脸迷茫："饺子？动漫？"

电影结束，我喊醒熟睡的母亲，轻轻告诉她："电影散场了。"

母亲："哦，不错不错，好看，这椅子坐着也舒服，下次我们再来看电影。"

我笑着说："好，下次我们再来看。"

也许陪母亲来电影院里醋睡一觉，是这世界上最幸福的陪伴了。

教跳舞

现在母亲待得最多的地方就是家里和医院，可是，她却喜欢看年轻人强壮的身躯和孩子们欢快的脸。

每晚扶她到小区楼下走上几步，对母亲来说，是证明这个世界还没有遗弃她的最大恩惠了。

母亲："前年的时候，我还能走到新区公园去跳几圈广场舞。"

我："对哦，你还知道再往前走有家'菜根香'！我都不知道。"

陪母亲远远地看着小区里那些跳广场舞的大妈，母亲的眼里充满了羡慕。

回到家，我从手机里找到广场舞音乐，从来不跳广场舞的我手舞足蹈。

我："周姑娘，这曲是不是这样跳啊！"

母亲："不对不对，先出左脚，再出右手，不要顺拐！"

我："哦，以后每天你教教我好不？"

母亲："哎哟，没见过你这么笨的舞姿，太笨了！"

母亲哈哈大笑，我傻傻地站着，是啊，有种幸福，是用我的笨，换你的笑容！

我愿牵着你的手

自从母亲生病后，我便多了一份牵挂。

匆忙行走着的我，不管是看到一抹猩红的夕阳余晖还是看到一弯浅色的月牙光亮，都想捧给母亲，希望能带给她一份柔软、一份静谧，能让她在不知不觉中微笑起来，把眼角的皱纹笑成幸福的图案，笑成我童年时候的那种无忧无虑……

一周三次透析，让母亲的身体虚弱得像一根稻草，似乎大点的风一吹，都会倒。我扶着母亲上阶梯的时候，由于母亲每一步都走得非常吃力，生怕她感觉到力不从心，于是，我会大声喊着："一二一！""很棒！"每当这时，一头白发的她就会开心地笑起来，说："你就会把你老妈当孩子一样忽悠！"我回应："老妈就是用来忽悠的！"

其实，在我的心中，母亲就是长满白发和皱纹的孩子，但是我时常忽悠不到母亲。因为每周一、三、五，母亲都会做相同的事，走相同的路，扎相同的针和忍受相同的痛，于是，相同的记忆，让母亲成了算术高手。

母亲会清楚地记得：从医院回家先到地下停车场，下车后，走到第一个有台阶的地方，一共要走 23 步，然后上 8

级台阶，再走 30 步，到达电梯口……

我轻抚母亲稀疏的白发，拍拍她的肩膀，跷着大拇指，夸母亲记忆超常，就如儿时的我背完九九乘法表后母亲夸奖我一样。

在我的夸奖下，母亲就越发得意了。居然把马致远的《天净沙·秋思》又给我背诵了一遍。然后打通老家的 10 岁小外孙女电话，认认真真地给外孙女讲授了一遍，幸福地沉浸在"枯藤老树昏鸦，小桥流水人家"的场景中……母亲还让我给她一本《中学生必背古诗词 61 篇》，每天早上不到 5 点就起床的她，真挚地爱上了备课，给诗词中的每个字写好注释，做好标记，到晚上，全身心地迎接三千多公里外的小外孙女的电话，开始讲授自己的杰作……

给远在老家的最爱的小孙女打电话授课和去完医院回来细数每天的步数，成了母亲日常生活中最有意义的事情，母亲乐此不疲。

由于身体羸弱，不能远行，山川景色对于母亲来讲，变成了遥远的梦，然而母亲的心中，有自己的山川和源远流长的河流，汇聚成平实和简单，洒在她七十多岁独有的年华里，重新长出希望的小花，散发出清淡的味道。

母亲从来没有怀疑看似单调而重复的生活，也许在她的世界里，对生活从来没有成见，没有要求，只是真实地活着，平凡地接受着现实，她背《秋思》，也从没思虑过文学是否只属于少数多情的人，也没去思虑过其中的落寞与悲伤，仅是因为她记得。

　　一缕阳光斜射入房间，照在母亲的白发上，我静静地看着这位七十多岁的"孩子"，认真地细数着她眼角的皱纹，细数着过往里的那些日子……

　　一阵凉风吹来，我不禁打了一个冷战，刹那间，我是如此渴望一直牵着母亲的手，感受手上的温度，暖暖地，犹如一种无限的希望……

　　我是如此强烈地渴望听她细数阶梯和背诵《秋思》的略带沙哑的声音，声音里仿佛环绕着一种奇特的东西，缥缈成一股岁月的味道……

愿您永远笑靥如花

2020 年的第一天，早上 6 点多钟，当朋友圈里挂满新年的祝福的时候，我正开车带着母亲行走在去血透中心的路上。

新年的第一天，造物主似乎心情很好，把窗外的天色打扮得极为好看，我让母亲看车窗外的天色，看黎明时东方那抹异常的美丽，看奶白的天空中镶嵌的那一丝丝金黄，看偶尔飞过的鸟儿划过的美丽弧线……母亲微笑地看着窗外，整颗心也随着东方逐渐地明亮喜悦起来。

透析室里还是那一如既往的温暖，润泽在医生护士们的脸上。

新年，假期，在这里，似乎已经被遗忘了许久。这里被各种角色重新组建成了一个新的家园。医生、护士、病人，还有两位打扫卫生的阿姨，每天都重复着同样的工作……

温柔的王医生仍然忙碌地奔走于各个病床，询问病人的体重变化、血压变化、用药情况；大眼睛美女小刘护士，仍然在用娴熟的动作利索地为病人扎针、上机；打扫卫生的阿姨仍然在巡回着，拿走垃圾袋……一切是那么习以为常，一切又是那么不平常！

　　如果不是因为母亲的病，我从来不知道在喧嚣、繁华的城市里，还有这样一个群体。他们靠透析坚强地维持自己的生命。一个透析机——人工肾，是他们生存的希望。一周三次，无论刮风下雨，无论数九寒天，他们都坚持着行走在生命与信念交融的日子里，这里没有雄伟与壮烈，只有平凡而普通的对生的渴望，只有那些善意闪现出来的温暖的光辉和那些感动人心的人性的细腻情感。

　　我常看见一位四十来岁的男子，头发已花白，眼光温和而深邃，推着轮椅小心地呵护着轮椅中那位懦弱的女人，因为长期透析的缘故，女人面色蜡黄，手脚不断发抖，每次透析完，男人像抱一个瘦弱的小孩一样轻轻一抱，轻松地把她放到轮椅上。男人就像一棵伟岸的树，安定而从容地守护轮椅上的女人，脸上的沧桑和早白的头发，似乎凝聚某种人性中厚重的东西，让人不敢多问，只能缄默……

　　我常见到一位自己拄着拐杖来透析的老人，拐杖落地声音很响，经常惊扰着身边所有的人。老人一瘸一拐地来到这里，偶尔会有其他病人埋怨他几句，医生也偶尔批评他不按要求称体重，来得迟了。老人总是慢慢地抬头，迟钝地看看病友，再看看医生，仍然按自己的思绪行走。

　　我常见到一位健步如飞的女子，她总是笑呵呵地来到这里，没有丝毫对病魔的畏惧，脸上洋溢着生活的热情。她把透析看作是对肾脏的美容，有一种一周三次来给内脏做个SPA一样的惬意和快乐。病房，也突然会因为她变得充满活力！

　　生命存在的形式多种多样，有人如荆棘鸟一样，喜欢寻找荆棘中的那种与众不同的刺激，让羽毛像火一样熊熊燃烧出生命的璀璨；也有人如温柔森林里的平静的溪流，营造着一种生命的祥和与安宁。

而他们，这些往返于透析中心的人们，却在以最平凡的方式书写着一种生命的最伟大。

母亲在透析，我在朦胧的窗户玻璃上，悄悄地写下一句新年祝福：愿您永远笑靥如花！

校园里的小黑

不知从什么时候开始，校园里来了一只流浪狗，一身光亮的黑毛，体形瘦小，眼神却异常温柔，我们习惯叫它小黑。

第一次见到小黑应该是在几个多月前，它远远地站在丛林的小径处，不敢靠近人，校园学生多，小黑胆小，见到成群的学生走来的时候，总是出于本能拼命逃跑，直到跑到它认为安全的地方，再远远地望着过路的人群。眼神中充满着恐惧，又充满着渴望，至于它为什么会对人恐惧，我想，或许是因为它的脑海中留存某些恐惧的记忆吧。

与小黑从陌生到熟悉，应该要感谢食堂的红烧肉。

很多次，我们几位老师吃完午饭从校园大道散步回办公室的路途中，都会见到小黑，刚开始它看见我们走来也是扭头就跑，后来是驻足，再后来，居然摇摆着尾巴走近我们。某天吃饭的时候，同行的殷老师提议说，给小黑带点吃的吧！于是我们便去要了个方便袋，把吃剩下的红烧肉装进方便袋里留给小黑。果然，当我们走到学校的知行桥的时候，小黑兴高采烈地奔跑过来，见到我们给它带的午饭，便狼吞虎咽地吃了起来，很明显，跟许多人家养的宠物狗相比，小黑属于狗界的"贫民阶层"，能吃上这样的午餐，对它来说，已算是饕餮盛宴了吧。

自此以后，小黑便把我们几位老师当作亲人了。每天都会在知行桥上等待着。只要老远看见我们走来，便会摇头摆尾飞奔而来，眼神从很早以前的恐惧变成了亲切，甚至有时候会看到它的嘴线上翘，看起来像是在笑的样子，或许，它就是在笑，仿佛是一个流浪在外没有人疼爱的孩子找到了家人一样。

好几次忘记了给小黑带吃的，殷老师都会后悔地叹气道："小黑，对不起啊，忘记给你带吃的了！"小黑还是摇摆着尾巴，肚子瘪瘪的，眼神充满亲切。

一天，我们又给小黑带了一大袋吃的，走在校园的大道上，本以为等待在知行桥上的小黑会直奔我们而来，可是，却没见小黑的身影，一直过了桥，还是没有见到小黑，大声呼唤几声，还是不见小黑。

不知怎么的，我心里突然有种不好的预感，小黑失踪了，不会是……

心里突然很担心，也很伤感。是呀，在这个浮躁的时代，人与人有时候尚且不能宽容相待，何况对待一只流浪狗？更不敢往下想。

"听说有流浪狗伤人事件，你们知道吗？"同行的一位老师说。

"不会成为别人的盘中餐了吧？"另一位老师说。

七嘴八舌，我们揣度小黑的去向。心中多了几分失落。

　　每天习惯与小黑相见，似乎已经成为朋友，朋友突然失踪，不免有些伤感。

　　接连好几天，都没有见到小黑的影子。

　　知行桥下的水依然清澈，但我们却无心欣赏。

　　正当我们都以为小黑已经彻底消失了的时候，一个阳光灿烂的中午，小黑居然又出现在知行桥上，看见我们，像看到阔别已久的亲人，热情地奔跑过来，黑色的皮毛上不知道在哪里沾了些泥点，肚子更瘪了，体形显得更瘦小了，但是眼神里依然充满善意。不知道失踪一段时间的小黑经历了什么，但是俨然，小黑已经把校园当成了它的家，把我们当成了它的亲人。

　　如今，善意地对待小黑的人越来越多，许多人拍照把小黑发朋友圈，学校擅长摄影的美女摄影师也在阳光明媚的日子抓拍到小黑的身影，学校的微信官网上也出现了小黑的照片，小黑成校园的网红了！

　　如今漫步在校园里的小黑，似乎成了学校这个大家庭的一分子，眼神里也没有了恐惧，它会在草坪上奔跑，也偶尔会跟后来的一只流浪猫嬉戏。甚至还会在足球场边上淡定地看场球赛，神情悠然自得。

　　我为小黑庆幸，比起那些头上系着绳子的宠物，它更像一位自由的使者，游走于广阔的天地之间，来去中带着浩然坦荡的胸襟。

　　更值得庆幸的是，小黑把它的忠诚和信任给了这个校园，把它的宇宙中心给了校园里的人们。同时，它也引领人们到了一个更慈爱、更善良、更温柔的世界。在这个世界里，聪明的人们会真正体验到本真的人生意义与宇宙价值，更能远离富丽堂皇的物质世界去思索宇宙的深处，重新找到规范人性、剪裁道德的尺度，捕捉到真正的精神之核、人性之本。

悟 雪

纷飞的大雪下了好几天，这在南方是极少见的。雪花飞扬的时候，自然、干净、安宁。从空中的自由飘舞到最终落入尘埃，仍然那么淡定从容。

谁也不会想到今年这个朴素的冬天，会被一场轰轰烈烈的雪装扮得丰韵起来。

我看雪的时候是夜晚，欣赏漆黑中的那种雪亮，仿佛看到天堂里飘落下来的希望一样，给人很强烈的精神享受，假如仅有漆黑的夜晚而没有光亮的雪，我想，黑暗最能让人的心性被概念所遮蔽了。

人，也时常会成为多种概念的产物，甚至在概念的包围中迷失与变异。

夜晚的雪，能给人悟道的灵感。好雪片片，不落别处。

多少人东寻西找，内外寻觅着心中的道。道到底在哪里？庄子的回答很到位："道在瓦罐瓶杓中。"瓦罐瓶杓尚且可悟道，更何况面对雪花之静寂、长空之广博，沧海之开阔，宇宙之渺远的大自然。

我静静地站在窗前，看夜晚的雪，看着它从生命的初始一直到最终的圆融。就精神生命而言，雪花引人进入生命太初时候的单纯与质朴，呼唤渴望归于宁静的众生走向本真的原生命，把腐蚀人性的众多泥泞归于雪白。

夜晚的雪能给人构建宽阔的思维空间。静静观雪，就在雪花落地的瞬间，我的脑海中也逐渐勾勒出新鲜的世界。一个艺术与文学兼具的王国便会出现在脑海中，完全超越了时间的界限。在雪的世界里思索，此刻不论是什么内容的文学与艺术，都已经站立在空间的向度上了，在人的内心深处与人性深处，时间变得没有意义，瞬间与万年趋于等同。

看着雪花飘落，内心建构出来的感悟便显现出来：万物皆有缘于我，我便融于万物。事物与人一时一地的分别被圣洁地推向了无意义。唯一有意义的是瞬间归于无限。在内心的无限的时空里，我们可以消融时间，放逐时间，把生命的血脉与宇宙的本体相连接，最终把内心的情境世界推向无穷尽。

很多诗人写雪，作家写雪。因为雪有着贯穿天地古今的气息，甚至在许多诗人作家的心中它已经高于历史，高于道德、高于性情、因为它能带人进入一种空阔的大境界。它可以覆盖一切，也可以揭穿一切。它可以让你瞬间白头，也可以让你在消融中看到泥泞与肮脏。

雪能让人禅悟，也能引发人进入文学世界对人类想象力的极限来一次挑战，对人类心灵深度的极限来一次挑战。让人尝试去叩响那种到达终极的真实，并开放自由的心灵，栖居于世俗但又能达到色世中的空界，瞬间中的永恒，并且寻找到黑暗王国里的一丝光明。

拥有雪一样境界的人，在不明的世界里是痛苦的。就正如宋太宗之于李煜，李后主如雪的内心以及博大的人间情怀之声，在宋太宗的耳朵里，也会变成亡国复仇之音，会无端地产生嫉恨，最后怀恨将其毒死。但是，事实证明，在文学的国度里，一个伟大的诗意生命，其意义永远重于一个苟安的小朝廷。正如屈原之于楚王国，苏东坡之于宋王朝，莎士比亚之于伊丽莎白王朝等等。

如果人性的底层连一点诗心诗意都没有，是永远无法进入白雪世界的，哪怕口里每天唱着《雪绒花》，也无法真正进入到那片雪的世界。

网上红了一句话：在雪中漫步，一不小心就白了头。

而我，在夜晚看雪，稍不注意心神就飞去精神以外的宇宙了。

是老了吗？此刻想到某诗人的那首《老了》中的一句：

我要老成一棵胡杨
给沙漠一个做梦的理由

看雪的夜晚，必定有一个做梦的理由了。

王二狗脱贫记

给他花生种，当下酒菜了。

给他扶贫资金，打酒喝了。

送头羊羔给他养，换酒喝了。

王二狗是东头村最难搞的贫苦钉子户，政府帮扶了好几年，还是没脱贫。

上级下了死命令：今年无论如何，想尽一切办法，要让王二狗脱贫！

压力山大的李主任来到东头村，见到了王二狗。

李主任："王二狗，你这房屋太破了，翻修下吧？"

王二狗："没钱！"

李主任："政府出钱帮你翻修，可好？"

王二狗："好啊！"

两个月后，王二狗真的住上了新的小平房，还配上了新家电。

李主任赶紧向上级汇报：已经解决王二狗的贫困问题。上级指示，继续跟踪帮扶，防止返贫。

一个月后，李主任再来到王二狗家，家里空空如也。

李主任："给你买的新家电呢？"

王二狗："卖了。"

李主任："卖了？！为什么要卖？"

王二狗："没钱啊，再说我也用不着那么多新家电。"

李主任："那钱用完了呢？"

王二狗："卖房。"

李主任："卖房的钱用完了呢？"

王二狗："等你们来扶贫啊！"

李主任："你，你，你这不争气的东西！"

李主任当天给上级汇报，贫困户王二狗，实在没法脱贫。上级要求村里安排专人与王二狗结对帮扶。李主任安排有文化、懂技术的大学生村主任小张帮扶王二狗。哪料到王二狗以为村里安排小张给他当老婆，把人家姑娘硬往坑上拉。小张吓得直哭，逃脱后再也不敢登他的门。

刷微信

刚刚被提拔做了科长的小张，这几天心里乐滋滋的。在与他同期进单位的年轻人中，算他升得最快了，而且，今天晚饭，局长居然带他去认识了市里的好几位领导，领导们都夸他前途无量。

最令小张高兴的是，他居然把领导们的微信都加上了。

从此，小张只要工作，特别是加班，便会把工作的过程和自己的业绩晒到朋友圈，他希望领导们能看到自己是多么努力地在工作，而且，也不忘记偶尔晒晒家庭的小幸福，让领导看看自己对家庭和事业的忠诚度，定能让自己前途无量。

局长找小张谈话了。

"小张啊，有同事反映你沉迷于刷微信，有这么回事吗？"

"局长，我……"

"你是党员，要记得做事低调，不要浮于表面工作……"

回家后，小张屏蔽了所有领导的微信。没想到，局长又找他谈话了。

"小张啊，上次我跟你谈话后，你是不是对我有意见？"

"局长，没有的事啊，我怎么会对您有意见呢？您是我的伯乐啊！"

"哦，没有就好！年轻人，千万不要意气用事啊！"

"知道了，局长。"

小张回家，取消所有屏蔽，把朋友圈权限设置为：仅显示最近三天内容。

从此，小张再也没有发过朋友圈。

过七夕

七夕节，一对情侣遇到街拍做节目的记者。

记者："你们好，能问你们一个问题吗？"

女："什么问题？"

记者："你们以往七夕都是怎么过的？"

女："嗯，让我想想，有吃西餐，泡酒吧，KTV，还有……"

男："我……我这是我第一次过七夕！"

一条丝巾

他出差给老婆买了条丝巾做礼物。

老婆嫌颜色丑，不要。

他一气之下把丝巾扔到沙发上，母亲正好买菜回来，看到沙发上的丝巾，高兴地拿起来，问道："儿子，这是给我买的？"

他不知所措："啊……是……"

母亲开心极了："谢谢儿子啊，还记得老妈，买这么漂亮的丝巾，这下我可以在那些老姊妹面前炫耀下了！哈哈，我去给你们做饭。"

他看着母亲开心地围着丝巾去了厨房，泪流满面。

口罩

当新型冠状病毒被发现的时候，注定一个沉默而略带伤感的年开始了。微雨后的马路仿佛刚刚哭过一样，像是在思念那些曾经印在面上的繁华脚印，又像是在思念曾经与车轮那难舍难分的长吻，抑或，是在思念那些孩子们的奔跑与欢笑……

看着桌上仅剩下的一只一次性医用口罩，阿文心急如焚。之前为了防雾霾，家里仅存的几只口罩，如今就剩下这一只了。而各大药房已经断货了，医院更是不敢去。据说那个戴着新型头冠的坏家伙，正在空气中肆虐！怎么办？阿文也不敢再翻看朋友圈，他知道这几天朋友圈成了恐怖的牢笼，各种紧急扩散通知，各种感染病体的大数据分析，各种关于一个喷嚏的可怕历程，掩盖了这个原本被微商霸占了的地盘，阿文担心自己看完朋友圈，连喷嚏都不敢打了！然而，此刻，阿文只想，怎么能弄到口罩？家里囤的菜快吃完了，还得去趟菜场再买点蔬菜，还得去超市多买点方便面、饼干之类的食品，得尽量减少出门次数……可是，还有一个口罩，如果出去一趟，就没有了，口罩没有了，如果再出门，不等于张开嘴拥抱病毒吗？太可怕了！阿文不敢想，他静静地坐在窗前，看着窗外那棵正在掉黄叶的树，看着那些枯蝶在空中寂寞地起舞，风声，成了略带忧伤的伴奏。

朦胧中，阿文看见了一位美丽的女孩向自己走来，她的嘴上，居然戴着阿文梦寐以求的蓝色医用口罩，那种蓝，犹如辽阔的天空一样干净，口罩皱褶的三层，又像是平静的大海上被微风轻轻吹起的波纹，美丽极了！阿文仿佛感受到了海水淡淡的咸味和海风温柔地轻抚着肌肤的舒适。阿文虽然看不到女孩的容颜，但是令他痴迷的，是因为这是一位戴着蓝色口罩的女孩！一双美丽的大眼睛，长长的睫毛，在蓝色口罩的映衬下，显得更加灵动，这是多么绝美的搭配！阿文觉得古人对女子"嘴不点而含丹""皓齿还如贝色含"这样的描写丹唇与皓齿的文字简直可笑，含丹的唇色和雪白的牙齿哪里抵得上那淡蓝色的渗透着淡淡药味的口罩的美？只有戴上蓝色的口罩的女孩，才是舒展着自信和健康翅膀的天使，才是绝世美女！朦胧中，阿文如痴如狂地看着这位美丽的少女，看着那大眼睛下的蓝色口罩，仿佛到了一个平静而祥和的世界里，美丽的少女身边围满九色神鹿，无数只洁白而高傲的仙鹤围着女孩轻盈地起舞，不远处的湖泊在温暖的太阳照耀下闪烁着金色的光，绿色的草坪散发着一股沁人的清香，自然界的各种美丽与女孩相互交融成神话般的境界，友好而和谐……

"我就是这条街这条街最靓的仔，走起路一定要大摇大摆……"一阵响亮的手机铃声把阿文从睡梦中惊醒，有些后悔美梦被惊醒的阿文皱皱眉头，接通电话："喂，哪位？"

"您好，我这边是街道居委会，请问现在您家里有人吗？"

"哦，现在家里有人，什么事？"

"为了防御新型冠状病毒侵袭，我们将派专门人员送口罩上门……"

阿文一骨碌起身，轻松地从卧室走到厨房，嘴里大声地哼唱着："我就是这条街这条街最靓的仔，走起路一定要大摇大摆……"

我在东经120度等你

　　每天晚饭后，我喜欢散步到迪诺水镇，不仅仅是为了晚饭后帮助体内的消化系统工作，更重要的是，每天可以在散步途中感受到一种独特的勇气和激情。从家到迪诺水镇大门，途中可以看到恐龙园内高矗半空的过山车，特别在晚上，红色的灯光映衬着，无人的时候就像一个静止的太阳，仿佛许多年轻人生活的热情都让它铭刻在通红的心脏。碰到节假日或者周末，还能看到这个坐满人的太阳在腾空翻转，震慑云空的惊叫声，一浪盖过一浪，此起彼伏。让原本静谧的夜晚多了一些青春的活力，夜行的路人们此刻也会驻步仰望，眼神中也似乎多了几分神奇的活力。

　　走到迪诺水镇，这座位于国家 5A 级旅游景区——环球恐龙城核心位置的商业步行区，由近 30 栋形态各异的建筑群组成，巷陌密集，充满了老欧洲城堡的浪漫情调。在这座小镇的中心，你会感觉时间和空间结合得如此巧妙，全区以一座高达 120 米的东经 120 度观光塔为轴心，把迪诺水镇、中华恐龙园、鲁布拉水公园、恐龙谷温泉、恐龙谷大剧场、三河三园进行空间视觉上的无缝连接，充满浓厚的都市气息。各种活跃的恐龙特征印记，使得整个步行区蕴含了紧凑而科学的主题性。

来到这里，我最喜欢的是沿着商业街上那条东经120度大道直行。大道两旁各种店铺让这座有着欧式城堡风格的商业小镇显得更具现代气息，幸运的常州是唯一被东经120度经线穿越城区的城市，站在这条线上看看"北京时间"，有一种幸福的优越感。

这天，我与往常一样来到这里散步，一个四五岁的小男孩的身影由远及近印入眼帘。他对东经120度大道上的那条光带异常感兴趣，蹦蹦跳跳地踩在发光的经线道上，正好碰到迎面走在道路上的我，看这孩子甚是可爱，我决定逗逗他。当我们迎面相遇的时候，我假装不肯让道，看看小家伙会有什么反应。我和不远处的孩子妈妈相视而笑。此刻，小孩停住脚步，仰头看看我。

"阿姨，你见过真恐龙吗？"小孩居然先开了口。

"没有，你见过吗？"我跟他搭上了话。

"我见过。"小家伙自豪地说。

"哦？在哪里？"我问道。

"在恐龙园里啊，里面有冰河世纪，可好看了！我看到霸王龙、雷龙、剑龙好多恐龙。霸王龙可厉害了，它是食肉龙，还有食草龙，是不吃人的，你不用怕！"小家伙津津乐道。

我知道，他说的是恐龙园里的4D影城放的影片。

"阿姨，你知道这条线是北京时间的线吗？叫东经120度。"小家伙知道得还真多。

"这条线可是最诚实的线哦！不能说谎的。"小孩子的思维有些奇特。

是呀，这是一条最诚实的线了，也是一条最准时的线！多少游客走在上面，却忘却隐藏在这条线上的最深沉的含义。

小男孩面带调皮的微笑，斜着脑袋看着我，我往旁边一让，调侃地说道："让你先走吧，走完这条线，你一定是个最诚实，最守时的孩子！"

"谢谢阿姨！"

小男孩仍然蹦蹦跳跳地沿着发光的东经 120 度行走，走到远处，突然转头："阿姨！明天晚上你还来吗？我在东经 120 度等你哦！"

我比了一个"ok"的手势！接受了一个小孩子的约会。

走出迪诺水镇的大门，回头看时，仍然是灯火辉煌，迷人的建筑与那条闪光的道路，一切都显得那么时尚而有生机。

明晚，我还会来，为了一个孩子的最美约定，也为了这座幸运而有魅力的城。

换个方向，遇到新天地

清晨，来自自然的声音是最干净的。于是，我更加热衷于晨练了。干净的马路、路两旁那些如卫士般执着守护美丽城市的树木，还有奔忙上早班的人们，都彰显无限的蓬勃生机……

因为喜欢晨练，很多年来，便一直赤诚而炽热地爱着每一个可爱的早晨。仰望天空，有绯红、乳白、青灰多种色调交替出现，阴天如水墨，晴天如油画，我便是行走在大地上的受益者了，无需文字，无需语言，就可以表达出一种属于岁月的壮丽内涵。

晨跑，我几乎每天沿着相同的路线：从家出发，经过汉江路，到达新北中心公园，在公园的塑胶道上，伴随着树木的清香和悦耳的鸟鸣，跑上几圈，再原路返回，身心便愉悦无比。每天固定的路线，让我似乎形成了出门右拐的习惯。但是一件事情，改变了我的方向和习惯。

汉江路开始改造了！道路两旁人行道被全部封闭施工。几次右拐后又返回！

怎么办？何不换个方向试试！

　　于是，我选择了出门左拐！

　　第一次左拐，内心稍许有些迷茫！会去到什么地方呢？看不到之前熟悉的风景，是否会有失落呢？经过一座小桥，本想沿着大马路不断朝前跑。但刚过桥，我发现前面有位晨练者居然再次左拐，跨过一小簇灌木，进入里面去了。难道里面有路？我也跟着拐了进去，果然！里面是另一片天地！人们都习惯了在宽敞的大道跑，似乎这样目的地会更明显，却不知道，正因为大部分人都注意到，才使得原本宽敞的道路略显拥挤和嘈杂。

　　而今天，我却发现了一片新的天地。这是一条幽静的小路，古运河是这条路忠诚的伴侣，路不容易被人发现，是因为两旁的树木丛生，百草丰茂，不远处还有大片农田相拥。不知道这路的尽头会到哪里。我尝试着跟着多位晨练爱好者一起向西奔跑，沿着运河，朝阳被丢在了脑后，而朝晖却坚持温暖着我。跑了很长一段路，很多跑友已经开始掉头往回，前面，或许没有路了？我纳闷，继续往前跑。

　　经过两座略显幽深的高架桥墩，终于到了路的尽头，眼前的一幕让我惊呆了！这是一处广阔的坡地，一片山菊花的海洋。我放慢脚步，淡淡的芬芳迎面而来，一朵朵娇小的花瓣，笑得如此艳丽！也许很多年以来，它们一直在这里，与清风为伴，与冷月为伴，静静地生长着。

　　它们一直默默地用最美的姿态守护着这一片宁静的领土，一年四季，都在精彩绽放！

　　它们不贪图优越的环境，却保持着对土地的忠诚。

它们也不像公园里那些艳丽的花朵，绽放在公众区域，一心以展现自己的风姿为荣，竭尽全力地展现卓绝来获得摄影者和路人的青睐；却不知道多少人一边欣赏它们的身姿，却又在一边评价它们的市场卖价！

几乎没有人来到这片坡地，正因为没有游人的打搅，这一大片山菊花才以它们自由的姿态和真实的笑脸变成大自然的精灵，它们的身上，有一种最朴素的人性的美！

迎着朝晖，我开始晨跑返程。生怕打搅了这些自由的精灵！

一路上，我的心中畅快不已，原来，换个方向跑步，居然有意想不到的收获！

如今，汉江路已经完美收工，颇具特色和创意的一条步行街呈现在眼前，干净而整洁！然而，每天晨跑，我却再也没有右转，或许，是因为那片山菊花的魅力，那是一种"远离尘世自飘香，笑傲秋霜遍地黄"的遥远而独特的魅力！

诗 歌

　　诗歌存在于远方，存在于我的生活，存在于那颗自由的灵魂。我的眼犹如一台摄影机，众多的物象被记录的那一刹那，便是我的内心与这个世界碰撞的时刻。此刻，诗就犹如一位美丽的姑娘，温婉而充满神韵地从我的心里走出来了……

这个情人节

玫瑰生长在忧郁的土壤里
诉说的内容与爱情无关
有种如血液一样的温度
透过黄昏时候的光
陪着玫瑰疼痛地生长

这个情人节
玫瑰少了一些温婉
让春天想叙述悲伤的故事
有个被关在隔离房里的孩子
看到了那束光
也看到了父母的苍老

这个情人节
玫瑰褪去了夺目的颜色
孤独地仰望苍穹
看着漫天的祈祷说

那些刻着十字的车子
不想做马路的恋人

这是一个
让玫瑰寂寞得落泪的
情人节

那一年，我看见了蝙蝠

那一年炎热的九月
我在老家的那幢老楼里
楼下住着我病重的父亲
我把心悬在天花板上
目光与挂着的担忧碰撞
撞击出些许恐惧
窗外偶尔经过的车鸣
击碎了寂静的夜
我听到黑夜如同玻璃片跌落的声音
掩盖住父亲痛苦的呻吟
一只黑色的东西
迅猛地穿过玻璃窗缝
在我的头顶盘旋
惊悚的我的眼
交织昏黄的灯
那继续在墙上扑腾翅膀的黑色东西
是一只蝙蝠

等我坐起来的时候
它已经飞走了
带着一丝伤感
也衔走一颗求生的灵魂
我听到母亲在楼下大哭的声音
父亲——
就在这个时刻，离开了人世
我呆呆地看着飞走的蝙蝠
想找到它带来的讯息
母亲说，它非禽非兽也非人　它是灵

窗外的镜子

窗外是一面灰蒙蒙的镜子
镜子里展现的是
被关在笼子里的人
在读萨特的《禁闭》
为什么
他们在互相攻击
他们在彼此伤害
丝毫不关注镜子里的自己
如果丑陋可以呻吟
那一定会沉重地击碎镜子

美颜了，你便有力气赞

如果谎言成为你的美颜相机
那你一定会自信满满
因为你看见的
永远是你美丽的容颜
于是
你便有力气继续赞美了

读你的诗

你的诗中有一座山
一坡土
一抹夕阳
和一个背着夕阳的人
在叩拜

你的诗中有一杯酒
一盏茶
一个故事
和一双有故事的眼睛
在远望

你的诗中有一颗心
一串珠
一粒红尘
和一个远离红尘的背影
在消逝

夕阳西下
读你的诗
品酒茶中的那点味道
替你擦去那串珠上的尘
我从此便心静
如寒空的月

冬日

我常行走在冬日的阳光下
看不同的影子
随便找个出行的理由
不为别的
只为风声不再刻薄
那些冷静了一晚的寒霜
顿时激动得
没有了身体的形状

时光

昨天　我还愿意
选择黑色的外衣
把青春写在富有胶原蛋白的脸庞
今天　我却害怕灰暗的颜色
淡了自己脸色与眼光
明天　我是否也会爱上丝巾
奔跑在百花盛开的瞬间
高呼自己从来未老
忘却有个成语的意思叫作 ——
欲盖弥彰

鸟鸣

一声鸟鸣

把我叫到百花盛开的春天

追逐蝴蝶奔跑

又有谁知道

我留恋的仅仅是

那一瞬间

滑过蔷薇花下的念想

晒

如果喜欢阳光

那便走到太阳底下去

与众生平分秋色

那些所谓的风景

不过是看客们留下的痕迹

浮萍从来不知道

水里的落红

在向往宽广的草坪

和那些树的穹隆身影

太阳笑红了脸

高声地呼喊

快发霉的人们啊

出来晒晒

与自然说句敞亮话

明天

还你容光焕发

空中的风筝

是你撑起了白云滚滚
询问云深归处？
还是浮云托住了你的梦
寻找绳索的方向？

草莓加雪碧

都说春天
是四月的新娘
百花成嫁衣
把草莓融入雪碧
单调的
一定不是春的颜色
你的红妆
原是被调制出来的味道

朝霞

你身着橘黄色外衣
从大海中起床
在荷马那里
你是开启白天的女神
在我眼里
你是芒果与香槟
在憧憬黄昏的故事

你的文字如月华般宁静

本来只想看远处一颗星

静挂在树梢上的落寞

却又沁入你的文字里

感受月华般的宁静

你总能把杨柳的情感

落成窗帘的影子

幻作空灵

加入凝重的声音

亦如森林的鸟鸣

寄托云深处无尽的忧思

如果温柔如

王孙留恋的清泉

那么

渔舟能读懂的记忆

一定是不远处

那株摇头的莲

一行字的内容

不需要任何解释

读懂了

便是不解的缘

每一个字

都挂着浅笑

有种静谧的味道

一位永远沉默的

观众

忘却鸟雀的聒噪

尽管它们只是在排遣无聊

唯有那行字的知己

如含情脉脉的流水

稍微抬头

便有种令人流连的光

又如一名静僧

安详的面容

广博无量

最爱

当脖颈僵硬如磐石
当腰椎酸软如蒲苇
当眼神昏暗如暴雨前的天
当手脚无力如曝光的谎言
你还在眷念着
那些内心跌宕着的文字
那么
那支如腾空的精灵般有活力的笔
一定是你的最爱

阴天

如一只五百年没有洗过的手

拿着一只画笔

蘸着灰色的颜料

涂抹着整个世界

加一阵风在行走江湖

加几片叶舞步轻盈

加一江清水泛起涟漪

再加上游动的鱼

或者

加上一群勇士

在朝着被乌云遮住的太阳呐喊

一切

不过是阴天

在和世界探讨画风中

少掉的那些

灯火阑珊

路过咖啡屋

偶尔路过咖啡屋
有一个人在那里独坐
嘴里唱着忘记了歌词的歌
如一双温暖的手
接住眼泪落下时候的坎坷

偶尔路过咖啡屋
有一个人在那里品咖啡的苦
等待着消失在远处的脚步
如被唇印伤过的风
吹走掉落在黑夜里的沉默

偶尔路过咖啡屋
没有了曾经的歌
留下一些别人的寂寞
在叫喊着岁月如梭
把雨编成连接天地的绳索

我从来不喜欢帽子和丝巾

对于帽子和丝巾
我有种抵触的情绪
这种情绪
会化成一阵柔软的风
风走过的地方
从来不愿意
让帽子
掩盖住柔软的发丝
断了它对天空的情意
也从来不愿意
用丝巾围住
那些本来属于回眸的牵挂
有时候
掩饰和装饰
被混淆成时尚
走到最后
只为概念化一个浓妆

奔跑

在一条狭窄的马路上
一群人在奔跑

有人撑着伞

有人光着膀

有人挥舞着张扬的爪

有人拖着沉重的步伐

有人把自己当如来

点化着世界的苦与爱

有人把自己当尘埃

卑微成脸上的霾

有人追逐远方

有人化着浓妆

有人打着激素

有人点着烛光

这条狭窄的路上

一群人在奔跑

忘却那遥远的山坡

一个孩子
在静静地放羊
再也没人去问
等羊长大后
他是否要去村头
等他心中的
小芳

爱上你的诗

爱上你的诗

犹如投入一场轰轰烈烈的恋爱

在平静的生活中

跳动着无比异样的光彩

读每一个字

都如清泉流走在心底

有股浓郁而甘甜的味道

疲惫也在无形中

消散成天空的云

忧郁的眼神突然变成远行的飞雁

落在遥不可及的树梢上

等待星辰飘下的光芒

我的心也飞向远方

偶然遇到

那阵狂放在草原的风

和仰望星空的

那双没有了哲学味道的眼睛

琼音韶华

生活在城市里的规矩
不知道什么时候
变成了漫天的繁星
我藏在
通往宇宙的黑洞里
看着你行走于尘世的身躯
在画一条消逝在无极的直线

五月的内容

五月

像天空那颗最远最亮

最令人牵挂

却又无法触及的星宿

无数人用自己的想法

去分享本已遥远的故事

有位哲人把它看作道德的制高点

试图点亮一群人追逐梦想的理由

有位文学家朝着它朗诵《离骚》

用痛楚的声音

与那位行吟泽畔的诗人交流

然而楚地的风声

哪里能听懂吴地的鸟鸣

有位得了相思病的女子

在用丝线编织着送给情郎的蜜语

忘却了情郎

正在用艾草驱邪

还有一群

在行走中被压抑坏了的壮小伙儿

疯狂驾驭着龙舟

朝着五月才有的奔腾的江水

大声吼叫

他们说

鱼腹里　藏着历史的玄机

……

然而一切

都仅是五月的固定内容

到了明年的今天

它仍然会是遥不可及的那颗星

人们还会去怀念

下一个

等在远方的节

父亲节

我的世界里有个最伟岸的男人
他曾让我在他的肩膀上驾驭清风
他曾让我在他的手掌心里找太阳的影子
他曾用双手撑起我去抓黑夜里的光
他曾用双眼凝望我远离家乡时候的迷茫
直到有一天
伟岸的男人在病榻虚弱得如一根
燃尽了身体的火柴
最终
让我的世界安静得只剩下勇气
我居然能轻轻抱起这个
曾经把我高高举起的男人
我把他轻轻地
轻轻地放在那黑色的住所里
他躺着
苍白的面容冻僵了逝去的笑容
当那厚厚的黑色的门

关上的时候
我知道
我世界里的这个伟岸的男人
带走了
属于他的节日

雨

这是一场能湿透了灵魂的雨
回绕在我的高跟鞋上
无数秘密在翻滚
我竟然用力把它踢了出去
一株柳树低垂着沉重的头
像是在诡异地笑
又像是在惋惜
无数个落在尘埃里的日子
我听到你的脚步
踩出让泥泞飞舞的韵律
清凉的，深到无底
如一场无梦的睡眠
我一无所求，只站在林边树后
看着你在雨天和灵魂干杯
直到那些倦意
归还到黎明的眼睛上
我仍然把一丝希望

悬挂在有光的阳台上
不再去追问
这场雨
淋湿了几个路人的心

我本不想写诗了

我本不想写诗了
因为文字已经行走在干涸的沙漠里
如一位被暴晒得没有了力气的行者
诗意，本应是海浪遇见礁石的激情
腾空的傲慢
是狂风中的雪花
然而我，总是行走在沙漠里
看着仙人掌乞求骄阳为自己拔刺
在我打算写一封与诗歌的绝交书的时候
上帝却垂爱
让我偶然看到
一束震撼我生命的蓝光
含蓄，温婉，深邃
直接照到了灵魂深处
我从未感受过如此的魅力
情感也如同
奔腾的火光

仿佛无数精灵在舞蹈
又像在与我的心跳比速度
注定
这是一种坚守到夕阳落下后的赤诚
我又与我的文字牵手
有了写诗的冲动

梅姑娘来了

梅姑娘刚来的时候
带着些许的温柔
江南的夏还是那么优雅温婉地迎接
炽热
成了藏在青石板密缝深处的秘密
含蓄的画风
若一处背影婆娑
又若撑着油纸伞的女子
在欣赏一条水墨泼染的旗袍
渐行渐远
能带你回到《诗经》里
回到远古的那个没有色彩的年代
站在灰白天空下的梅姑娘
哭了
她只想告诉所有人
痛快淋漓
原本也是种透彻的美

于是
便倾国倾城地
号啕大哭
哭声湿透了行走的路人
也震撼了窨井的孤独
窨井突然沸腾起来
大口地吞咽着流在马路上的
那些梅姑娘的泪
不远处
仍然有几个穿着工服的人
仰望着挂在吊车上的砖头
焦虑着远方的妻儿
他们愤怒地指着梅姑娘
齐声大喊——
暴力梅

梅姑娘与窨井兄的爱情

他们的爱情开放在七月
每年差不多这个时候
梅姑娘便悄悄来临
还尽她一生的眼泪
就如绛珠仙草的心结
眼泪里的酸甜苦辣
只有挚爱着她的窨井兄知道
他默默地倾听
默默地接受
哪怕有污泥捣乱
哪怕有车轮碾压
宽容地接受
是他唯一的品格
所有地上的绿草都知道
他才是最伟大的爱人
梅姑娘是个幸福的女子
她与窨井兄的爱情

深藏在那场眼泪

寻找归途的路上

梅姑娘与我

我爱开窗

特别爱阳光直接洒在窗帘上

给我一种单纯的温暖

梅姑娘来的时候

我依然开窗

把我的臂膀

借给梅姑娘靠靠

虽然，凉透了我的衣袂

却换回一缕

如泣如诉的柔美时光

等梅姑娘走的时候

总会还给我一束阳光

我们总是这样默默地相处

直到假装沉稳的八月

嫉妒地加快了脚步

大漠随想

在腾格里的世界里
只有驼铃牵手遥远的蓝天
用手触摸干涸的灵魂
指缝便流动着黄沙的心思
恍若时光穿梭在掌心
一只沙蜥
守护着那亘古的颜色
历史成了一株永生的胡杨
如果可以
为何不在驼背上
唱那首苍老的歌
伴着记忆里的号角
传递到生活里
那些填满了琐碎的空间里

美酒

美酒如诗歌的外壳
包裹着的
是另外一个内心世界
剥开外壳
那仅是粮食溶解后的灵魂
在思考封闭的空间
灵感往往就在一瞬间
出现在琼浆被端起的波纹里
梦幻般落到杯盏上
化作一位醉翁的诗
也化作乡愁里的那条河
只有风知道
那些碎了的记忆
原是长空里的影子
虚与实
只在一念之间

行走

如果你热爱行走
那必定是爱上了风在耳边的私语
也爱上了与岁月携手前行的淡然
双鬓斑白不仅仅代表苍老
也代表你思绪里的那些陈旧的往事
和那些在世俗里翻滚的欲望
这个 ——
缀满白云的天空知道
天空不会撒谎
它总会提醒行走的人们:
别总在功利里绞尽脑汁
别忘记嗅嗅泥土的芳香
泥土是天空的知己
总能包容地看着天空微笑
如果 ——
你热爱行走
天空和泥土
就会成为你最淳朴的知己

变化的天气

原本是碧空万里无云
阳光洒下的温暖可以让石头感动
让杯子里的雪菊绽放得香气扑鼻
让沙漠上的驼铃变成安神的曲子
让一个流浪街头的醉汉突然高歌
让坐下来的老奶奶拨弄她的发簪
可是
突然之间天色变了
如变了脸的过客一样
石头落泪了
雪菊枯萎了
驼铃失踪了
醉汉沉睡了
老奶奶的发簪
也上锈了

蓝天与绿叶的情谊

蓝天依旧保持令人舒服的颜色
微笑地看着这个世界
看着地面的那棵树
看那和风摇曳着的叶
看骤雨后的
安稳与平静
看无数白头的少年走过树下
看鹤发童颜的老人背靠着树身
看被轻霜染红了的脸
看被微雨铸就成的泪
看一切沧桑变化
落尽的人间繁华
蓝天和绿叶的情谊
是 ——
它们相隔千里
却心心相知
只有云知道

世界上最宽广的
是蓝天给绿叶的怀抱

一个声音

好长一段时间
你走在一片长满薰衣草的庄园里
芬芳、温暖在发着光亮
突然响起刺耳的雷鸣
震荡着你的耳膜
孩子的声音在园外呼喊
年迈的母亲已经煮好午饭
猛一回头
那是亲情胜过芬芳的感觉
庄园里仍然有饱含诗意的薰衣草
想把碎了的小花撒在你的衣襟上
告诉你：一些美丽的永恒意义
用一种近乎诚恳的口吻
你奔跑着
朝着母亲烧好的饭香
朝着孩子玩耍的方向
回眸那片庄园

仍然圣洁地
长满了紫色的薰衣草
燃放着璀璨的光芒

阳光有度

阳光洒在窗台上
那盆百合便绽放出迷人的笑
那是份适度的温暖
有时候
当阳光过烈了
百合的笑
就有些枯萎了

绿色

绿色

如最深的情意

又如温婉淡然的女子

她一直在那里

等待你的双眼盛开

因为她

你甚至可以原谅丛林里的每一只蚊子

圣诞节随想

圣诞节
给自己的书斋起个温暖的名字
让柔软的情怀藏着沁人心脾的香
给自己的文字加点果敢和坚毅
让诗词的精灵闪现着永不消逝的光
给黄道婆的故事里融入一些力量
让生命的苦难永远朝着太阳的方向
给窗外的黑夜拉开美丽的窗帘
让紫砂杯里升腾着热气轻舞飞扬
给天下的妈妈多一些绞尽脑汁的设想
让孩子的心中永远玩耍童话里的圈套
给每一个形象用键盘刻画一个表情
让他们都如圣诞老人一样
永远慈祥

用空洞的眼神去看世界

如果我们用空洞的眼神
不带任何感情色彩地
去看待这个世界
或许迷茫与无奈也会变得虚无
我们心中的宇宙
一定会重新规整心中的星球固有的顺序
以及那些固定的轨道
会成为新空间里的触摸不到的焦点
思绪也停止了
万物处于重启的状态
那么
我们就没有了负重
轻飘飘地
空灵着
行走在你眼神里的那个世界里

绿叶

一片绿叶

便把整个春天

为你收藏

我身披夕阳

把你深情的目光

染成我的白发苍苍

我用佝偻的身躯

行走在他乡

远方有个凝望在表白

你若安好

美景无限

你若幽怨

世界遍布凄凉

如果

如果黑夜可以酿成一杯如酒的诗
那诗中一定有双眼睛
化作温暖
如霓虹灯的光芒
你一定知道走过的那条路上
有个熟悉的名字
有如风
飘进你脑海里的那一刹那
便融化了许多抱怨
和对白天的依恋
如果你是一个行走的僧
一定可以
化得满钵的世道
书写一本绝世经文
度万物纯良

期许

你总是小心翼翼

捧着那些温暖的话语

送到一叶漂泊的小舟上

期许着江水中跳出的精灵

变成如影随形的问候

给你一条穿过时空的路

然而

很多时候

你只能看着那些风中的尘埃

和那些被生活锁住的表情

发呆

陌生人

无数个陌生人
在熟悉的道路上
各自奔跑
偶尔相互拥抱
偶尔开怀大笑
偶尔仰望星空的中央
偶尔躲在寂寞的走廊
有时候
拥抱不是鼓励
大笑不是豪放
仰望的星空中央
写满了变化无常

无数个陌生人
在熟悉的道路上
各自整装
有人向往阳光

有人向往月亮
有人向往自由的芳香
有人哭泣着徘徊惆怅
还有人
征战在血雨腥风的沙场
再重回那条路上
便多了
许多写满沧桑的刚强

余生

当决定与你共度余生

总希望余生早点到来

你把岁月画六个点

我的余生便成了省略号

你走在那条被省略的路上

像勇士一样

到雪山顶上宣告你对这个世界的深爱

到布达拉宫去膜拜上苍的恩赐

到北极去用你火热的情感融化冰峰

把你最真诚的愿望

变成一抹黄土

撒在你最敬重的老人的墓冢

把你全身心的爱

变成一句句叮嘱

宠坏一个曾经的承诺

即便是曾经的受伤的青春

也没有了淤青

你让夏日的海水
捎带着有咸味的风
去阅读那未完待续的小说
当决定与你共度余生
便希望把明天的日出洒下的第一缕红色
改写成你的名字
从此温暖整个大地

后记

决定出版本书，源于朋友的一句话："希望退休后，能静静地读你写的书！"距离我的第一本诗文集《琼音独听》出版刚好五年。这五年里，我一如既往地醉心于文学世界里遨游。五年里我认识了许多素未谋面但是却同样尊重文学、尊重写作的朋友。五年里，我慢慢远离失去父亲的悲痛，开始进入不惑之年后的淡定而自然的生活。许多的良师益友，鼓励我、伴随我，让我不断前行，并且行走得如此顺畅而惬意。

五年里，我从故乡接来慈祥而可爱的老母亲，也落下了我无数思乡的情结。家乡对于我，已经早就超出了那个背山靠水的小城所给予我的回忆。更多地，故乡已经成为我内心深处的另外一个精神家园，一个我永远改变不了的梦境，我犹如大地上的异乡者，每时每刻，我的心，似乎都在不断地栖息在那片宁静的油菜花地里，栖息在漂浮在故乡那条乌江上的一叶小舟里。

五年里，我完成了欧洲列国的旅行，去了我曾梦寐以求的多瑙河边、阿尔卑斯山脚下，以及维也纳金色大厅……行走在哲学家的小路上，去寻找小时候深印在内心的茜茜公主，去探秘那新天鹅堡里路德维希二世的故事……

五年里，我把我的思想与书里的无数大师碰撞。我重读《诗经》里那些唯美的爱情，带着我的孩子一起去寻找和苏东坡泛游赤壁的友人，去探寻戴望舒和丁香姑娘的故事，去美学世界里寻找渐老的时光以及偷闲的老人，去史书里寻找美丑褒贬……

五年里，我的空闲时间几乎都是在星巴克里完成写作。我把喝咖啡时候听来的故事记录下来，我把疫情期间看到的伟大的奉献与爱深藏在心底。还有那些生活中的点滴：那些牵着母亲的手爬阶梯的时刻，那些漫步在大雪里的那种充满神性的体验，那些在校园里看见的流浪狗那逍遥与自在的神情……所有生活的碎片，都在某一天的某一时刻，被我悄悄地刻在记忆来，刻在我的文字里。

五年里，我终于拥有第二本文集《琼音韶华》。与第一本书一样，文集里有我的姓名中的"琼"字。父亲为我起这个字的时候，应该就是希望我一切美好如愿的意思吧。我把它继续放在我文集名里，愿岁月宁静得自然，年华美好留清音。